凱信企管

用對的方法充實自己，
讓人生變得更美好！

凱信企管

用對的方法充實自己，
讓人生變得更美好！

凱信企管

用對的方法充實自己，
讓人生變得更美好！

凱信企管

用對的方法充實自己，
讓人生變得更美好！

English Expressions

零秒反應力

英文口語

帶著走

隨時都能溜出口的生活常用語

U ser's guide = 使用說明 =

不用再進行腦內翻譯，
學過的英文這次一定能零秒即時開口反應。

1 情境分類，有系統的主題式串連學習

不論是想表達開心、狂喜
的心情，還是欲表現生
氣、傷心的情緒，甚至讚
美、描述事件，都能按主
題分類查找，十大主題，
一次囊括，隨時都能找到
即時要用的一句話。

2 精準釋義，學習不混淆不誤用

詳細講解口語使用時機與
注意事項，同時說明其典
故，幫助記憶，更能正確
學會用法，表達溝通才能
正確又有效率。

3 實用對話，能說會聽雙向溝通不NG

學英文沒有捷徑，只需要多熟悉多練習！特別設
計對話式範例，讓學習直接內化成生活口語，一
應一答，聽說都沒問題。

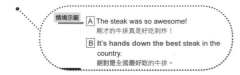

4 重點補充，延伸學習更多的口語英文

同樣的口語，說法有很多，除了學習最常用的，還延伸教你更多替換說法。你知道 "He ate his words."有「食言」的意思，"He went back on his words." 或 "I had a change of heart." 也能替換使用。老外天天用的超口語說法，一網打盡。

5 外師親錄範例語音檔

語言的學習不能只是紙本的理解或死記硬背，一定要會唸能開口說出來，才更能牢記。全書主要英文口語及對話範例，全由外籍老師親自錄音，以跟讀的方式來學習，不僅能自然地在生活中口說應用，還能時時用音檔學習，口音也能更道地。

★ 全書音檔雲端連結

因各家手機系統不同，若無法直接掃描，仍可以至以下電腦雲端連結下載收聽。

（https://tinyurl.com/yzbrwked）

　　我記得之前要去美國唸書的時候，想說即使初來乍到、即使英語沒有十足的自信心，但總覺得在台灣已經學了好多年的英文，基本的表達與溝通應該不是問題吧？！直到雙腳真實地踩在異國土地上和外國人開始接觸後，才發現：「哇，怎麼我的舌頭打結了、腦袋轉不過來了……」冷靜下來想從容應對，許多單字不斷地冒出來，但我卻連完整的一句話都無法說出口，即使我只是想簡單的表達來到美國心中的激動……但我卻只能支支吾吾隨意拼湊句子。直到現在，我都記得當時的衝擊與不解！後來，在遇到好多的留學生和來自台灣的朋友之後，才知道，原來許多人都一樣。

　　你是否也曾經有過這樣的經驗：「總是有一句想說，但卻不知該怎麼說的英語？」在美國生活多年之後，只要再遇到剛來台灣的朋友們，我都會跟他們分享：其實老外常用的口語一點都不難，都是我們曾經學過的單字組合而成的。例如，你知道 "blow" 的意思，你也認識 "away"，但只要將它們組合在一起，能在對話中用上 "blow away"（大吃一驚）時，就已經具有口語表達的能力了。所以不要害怕，只要利用平時學過的單字，就能開始與老外交流了。

　　這一次，我帶回了多年的國外體驗，把生活口語情境清楚分類，讓你能將心中的想法正確用英語說出來，你也會 blow away：「啊！原來說英語是這麼簡單！」一步一步來，假以時日你一定會訝異自己的進步神速！語言，不再只是書本上的死知識，而是帶你與廣大世界接軌的那把鑰匙。

=目 錄=

Chapter

1

開心

Delight

輕鬆

Chapter 1 音檔雲端連結

因各家手機系統不同，若無法直接掃描，
仍可以至以下電腦雲端連結下載收聽。
（https://tinyurl.com/8p28x294）

It blew me away.
令人驚艷。

使用時機 對人的美或事物的美深感詫異、遇到特別出乎意料的開心事。

情境示範

A How was the concert last night?
昨晚的演唱會如何？

B **It blew me away**. I couldn't imagine the singer's voice to be so intoxicating.
太令我驚艷了！我不知道聽那個歌手的聲音能讓我這麼陶醉。

重點釋義 blow away 除了有字面的「吹走、驅散」的意義之外，還有表示「震驚、驚愕」的意思，是一個表達強烈情感情緒的片語。我們可以這樣理解這句用語：突然狂風大作，驅走陰霾，展露出的耀眼的陽光讓人們驚喜萬分。

◀ **一起學更多** ‧‧‧‧‧‧‧‧‧‧‧‧‧‧‧‧‧‧‧‧‧‧‧‧‧‧‧‧‧‧

同義	The party **blew my mind**! I had never seen so much booze in my life.
It blew my mind. 令人驚艷。	那個派對真是**太讚了**！我從來沒見過這麼多酒。

同義	The auction **knocked me off my feet**. Someone paid $20,000,000 for my old house.
It knocked me off my feet. 好得使人驚訝。	拍賣會的結果真是**出乎意料**！有人願意出兩千萬買我那棟老房子。

We can break the mold.
我們能突破窠臼。

使用時機 用來開心地表示辦事的方法有了新潮的變革。

情境示範

A I'm beginning to feel that this is a whole new company.

我開始覺得這是一家全新的公司了。

B Yeah, it's nice to see how we're tying to **break the mold** and do things differently.

對啊，我們開始用**新方法**來做事真是不錯。

重點釋義 mold 其實是「模型」的英文，也有模子、鑄型之意，break 則是打破的意思。break the mold合起來看，就是打破模型，不囿於本來行事的辦法，另創新格局。

◀ **一起學更多** ·

相關	The creativity of the writer **gave birth to** a new genre.
give birth to 誕生。	一個新的文學類型從這位作家的創造力中誕生。

相關	The new cell phone **kicked off** a race between the two companies.
kick off 開啟。	那款機手機**開始**了兩家公司之間的競爭。

Chapter

開心／輕鬆 Delight

It broke new ground.
突破。

使用時機 要表示一件事情的作法上有所創新，值得讚賞時。

情境示範

A This movie **broke new ground**! It's composed exclusively of close-up shots.
這部電影真是個**突破**！每個鏡頭都是特寫。

B It confused me, though, as to why the filmmakers made this choice.
可是我看不懂為什麼要這麼拍。

重點釋義 break 為「打破」，ground雖然一般英文指「地面」，但此處可解釋為「領域」。break new ground指的就是在事情上做法不同於以往、突破窠臼，因此整句可翻譯為「開闢新格局」。

◀ 一起學更多 ‧‧‧‧‧‧‧‧‧‧‧‧‧‧‧‧‧‧‧‧‧

同義	
on the cutting edge 尖端。	The company stayed **on the cutting edge** of cell phone technology until another company unveiled their complete Chinese voice recognition software. 這間公司一直**處**在手機科技的**尖端**，直到另一間公司推出完整的華語語音辨識軟體。

反義	
jump on the bandwagon 跟隨主流。	Though every other newspaper in the country is going digital, ours will not **jump on the bandwagon**. 雖然國內的報紙只剩我們沒有數位化，我們也不會跟隨主流。

That was a close shave.
剛才好險。

使用時機 表示差一點就處於很危險的境地，不過鬆一口氣僥倖避免時。

情境示範

A A baseball hit the window, and the shattered glass flew into my face.
一顆棒球打中窗戶，然後碎玻璃飛到我的臉上。

B The glass didn't get into your eyes. That was **a close shave**.
玻璃沒跑進你眼睛。真是**好險**。

重點釋義 shave 原為「刮鬍子」的意思，而close指「靠近的」。a close shave 指的是在刮鬍子時，把刮鬍刀貼近臉頰，把鬍子刮乾淨，但是也可能會因此刮傷臉頰。因此，a close shave 也引申為從一件壞的事情中脫險的意思。

◀ 一起學更多 ....

同義	
It was by a hair. 差一點！	The pizza was delivered on time **by a hair**. 披薩差點就沒準時送到。
同義	
I made it by a whisker 正好驚險到達。	I made it to the meeting **by a whisker**. 我剛剛好趕上開會時間。

This is a dream come true.
美夢成真。

使用時機 形容長久以來夢想的好事成真時，更可以表達最意想不到、簡直無法相信時的心情。

情境示範

A We're in Antarctica! This is simply **a dream come true**.

我們到南極了！這根本是**美夢成真**！

B I can't wait to see the penguins!

我等不及要看企鵝了！

重點釋義 dream 是「夢想」的意思，true 指「真實」，dream come true 就是指「夢想實現」。因此，當一件做夢也想不到的美事竟然成真時，就可以被形容為美夢成真（dream come true）。

◀ 一起學更多 ．．．．．．．．．．．．．．．．．．．．．．．

相關	
In your dreams! 你作夢！	You think I would let you stay in the room alone with my cake? **In your dreams!** 你以為我會讓你和我的蛋糕獨處嗎？**做夢**！
beyond one's wildest dreams 做夢都想不到。	We knew the movie would be a hit, but it went on to make money **beyond our wildest dreams**. 我們知道這部電影會賣，但它更賺了我們**做夢都沒想到**的大把銀子。

I eat it for breakfast.
輕鬆對付。

使用時機 輕鬆地表示一件事情非常好解決時。可用來安撫他人或炫耀自己的能力。

情境示範

A Customers like him always give me a lot of stress.

像他那種客人每次都給我很大壓力。

B Next time you leave them to me. **I eat them for breakfast**.

那種人下次就交給我。**我能輕鬆對付。**

重點釋義 eat 是「吃」，breakfast 是「早餐」的意思。歐洲人和美國人對於吃早餐相當重視，可以說是每天都要做的事情，而形容一件事情可以「當早餐吃下肚」時，表示該事件如同吃早餐一樣輕鬆、不費力。

◀ 一起學更多 . . . .

同義	For the experienced sound designer, working on this movie was **child's play.**
It's child's play 這易如反掌。	對這位經驗豐富的音效師而言，幫這部電影配音是**易如反掌**。

相關	Doing a report on the geography of Alaska was **duck soup.** Loads of information can be found online.
That's duck soup 易如反掌。	做阿拉斯加地理的報告簡直**易如反掌**，網路上可以找到一堆資料。

Chapter
01
開心／輕鬆 Delight

I fell head over heels for her. 我為她神魂顛倒。

使用時機 想表達迷戀某人到暈頭轉向時。

情境示範

A The moment she walked into the room in her beautiful red dress, I **fell head over heels** for her.

她穿著那身紅色洋裝走進來的那一刻，我就被她**迷得神魂顛倒**。

B What are you talking about? She's been married for two years.

你在說什麼傻話？她已經結婚兩年了耶。

重點釋義 head over heels 是形象化的說法，表示頭倒轉、上下顛倒了，引申為一見到所愛之人，整個人都倒轉了，可說是為心上人神魂顛倒，一頭完全栽進愛情裡去！

◀ 一起學更多 ‧‧‧‧‧‧‧‧‧‧‧‧‧‧‧‧‧‧‧‧‧‧‧‧‧‧‧‧‧‧‧

同義	
She sweep me off my feet. 我被她迷倒了	The way she smiled at me completely **swept me off my feet**. 她那樣對我微笑完全**把我迷倒**了。
同義	
He cast a spell on me. 我煞到他了。	The moment my eyes met his, **he cast a spell on me**. 我和他的眼神交會的瞬間，**我就煞到他了**。

Good riddance!

真是解脫！

使用時機 表示從一個不好、不舒服的情況下脫身，或是某個討厭的人、物離開時。

情境示範

A They're shutting down the chocolate factory.
那間巧克力工廠要關了。

B **Good riddance!** I've had enough of the trucks running down the streets.
真是解脫！ 我也受夠那些在街上穿梭的卡車了。

重點釋義 good 指「好的」，而 riddance 為「擺脫壞事」之意。Good riddance 是一句歷史悠久口頭禪，因為莎士比亞也常在戲劇中以此為感嘆對白，表示戲中人物剛自一件不太好的事情中脫身。

◀ 一起學更多 ······························

相關	
Kiss it goodbye. 對他說再見吧。	If you don't finish your vegetables, you can **kiss your fried chicken goodbye**. 你不把蔬菜吃完的話，就**跟炸雞說再見吧**。
相關	
I want to cut him loose. 想擺脫他。	He had been on the team for very long, but we had to **cut him loose** because of his drug addiction. 他在我們隊上已經很久了，但我們不得不**讓他走路**，因為他有毒癮。

We got a green light.

得到許可。

使用時機 表示一件事情在一段時間的等待或是阻撓後,終於可以繼續進行時。

情境示範

A I'm hoping the studio will give a **green light** for my brother's screenplay to start preproduction.

希望電影公司能**同意**讓我弟的劇本開始前製作業。

B I read the screenplay. The studio would be stupid to turn this down.

我有讀過他的劇本。電影公司不拍的話就太笨了。

重點釋義 green 是「綠色」的意思,light 指「燈」,而 green light (綠色的燈)自然指的就是交通號誌上可以行駛的燈號。而當我們說We got a green light 時,表示見到可以通行的燈號,也是代表一件事情得以進行。

◀ 一起學更多 ．．．．．．．．．．．．．．．．．．．．．．．．．．．．．．

相關 a rubber stamp 有名無實。	The new system reduced the rating committee to a **rubber stamp**. 新的制度把分級委員會變成了負責蓋核准橡皮圖章,有名無實。
相關 play ball 合作。	Those who wouldn't **play ball** were threatened to be given a hard time. 不願**合作**的那些人被威脅要找麻煩。

I'm in heaven.
快樂得像身處天堂。

使用時機 表示快樂開心到炸點時。

情境示範

A I saw an email from Google to you. Does it mean that you got a job there?

我看到Google寄了一封email給你耶。是你得到Google的工作了嗎？

B Holy cow, I got it! I'm in heaven now!

天啊，我錄取了！我現在超級開心！

重點釋義 heaven 為「天堂」。英語系國家多信奉耶穌，而天堂就是信者永恆的快樂之地，因此只要有好事發生、讓人快樂得不得了，都可以說 in heaven，表示心情快樂到飛上天，到了快樂的天堂。

◀ 一起學更多 ・・・・・・・・・・・・・・・・・・・・・・・

比較	I got asked out by a cheerleader this afternoon! I'm in 7th heaven!
I'm in 7th heaven. 快樂無比。	今天下午有一個啦啦隊員約我耶！超爽的！

相關	He goes through life in a happy-go-lucky fashion.
happy-go-lucky 開心樂天的。	他樂天過人生。

Chapter **01** 開心／輕鬆 Delight

She's having the time of her life. 盡情享樂。

使用時機 表示完完全全沉浸在快樂裡，盡情享樂時。

情境示範

A Our vacation in Hawaii was absolutely amazing!
這次去夏威夷度假真是太棒了。

B Yeah, we **had the time of our lives**.
對啊，我們**玩得超盡興**。

重點釋義 have 為「擁有」，time 是「時間」的意思，而 life 指「人生」。 have the time of one's life 表示一個人好好地享受了人生。此片語通常指一個人以前從來沒這樣快樂過，而這個時候盡情享樂的意思。

◀ 一起學更多 ••••••••••••••••••••••••••••••

同義 **have a ball** 狂歡。	I really **had a ball** at my grandparents'. Their pool was so cool. 我在爺爺奶奶家**玩得很開心**。他們的游泳池超酷。
同義 **live it up** 享受人生。	I'm just going to **live it up** until my bank account runs dry. 我打算一直**享受人生**到銀行帳戶空了為止。

I hit the jackpot.
我中大獎。

使用時機 想表達開心到炸點的心情時。

情境示範

A What are you reading?
你在看啥？

B I was browsing through the shelves of an old bookstore when **I hit the jackpot** finding this long out of print deluxe edition of *Franken-stein*.
我剛在一間老書店隨便看看，結果**竟然**被我發現這本絕版多年的豪華版《科學怪人》。

重點釋義 此語源自撲克牌賭博，只有在有人手中有一對jack或者更大的牌時，才可以開局下注，pot（集合的賭注）因此變成 jackpot。剛發牌時，手上有大牌如 jack 的機會很低，所以要幾輪發牌、集合許多賭資時，才會有人得到這類好牌，得到全部賭資。

◀ 一起學更多 •••••••••••••••••••••••••••••

相關	
It's blind luck. 狗屎運。	I had never gone bowling before. The win was **blind luck**. 我之前從沒打過保齡球。會贏完全是**狗屎運**。

相關	
He has a streak of good luck. 他好運連連。	Since I brought the puppy home, I've been **having a streak of good luck**. 從我帶小狗回家之後，我一直**好運連連**。

Chapter **01** 開心／輕鬆 Delight

I was off the hook.
擺脫責任。

使用時機 想要推託和某人或者某事的關係。

情境示範

A Dad made me take care of my baby brother, and when my mom came, I was finally **off the hook**. Then I came straight here.

我爸叫我照顧我弟，一直到我媽回家**才沒我的事**。然後我就直接過來了。

B You still missed my soccer game.

你還是錯過我的足球賽！

重點釋義 off 意思是「脫離」，hook 指「掛鉤、吊鉤」，off the hook 原意是指魚兒脫鉤，有「脫離險境或者困境、窘境」的意思，後來引申為「與某事脫離關係，擺脫責任，不受牽連」。

◀ 一起學更多 ••••••••••••••••••••••••••••

相關 get away with murder 逍遙法外。	How can the law protect the innocent when the rich and powerful are **getting away with murder**? 法律都讓有權有勢的人**逍遙法外**的話，怎麼保護良民百姓呢？
相關 walk away from it 從其中逃脫。	She's the only person who **walked away from** the pile-up completely unharmed. 她是唯一在連環車禍中**毫髮無傷**的人。

I love him to bits.

愛死他了。

使用時機 想表達喜歡到某人某物到無法超越的境界時。

情境示範

A You've been spending a lot of time with your new puppy.
你常常跟你新的小狗膩在一起耶。

B I know. **I love him to bits**.
對啊,**我愛死牠了**。

重點釋義 bit 的意思是「一小塊」。當你 love a person to bits 時,表示你不只是愛他整個人,他的每一個小部份非常喜歡;想像愛人是一個杯子,當杯子破掉時,你會想要把每一個碎片都保留起來,因為你愛著每一個小小的部份。

◀ **一起學更多** •

同義	She **has a soft spot** for little fluffy animals. You should get her a rabbit for her birthday.
have a soft spot for 情有獨鍾。	她對毛茸茸的小動物**情有獨鍾**。生日的時候你送她兔子吧。

同義	**I'm a sucker for** everything with cheese in it.
I'm a sucker for it. 對它無法招架。	我對所有有起司的東西都**無法招架**。

Chapter **01** 開心／輕鬆 Delight

You made my day.
讓我龍心大悦。

使用時機 表示對方讓你有美好的一天時,非常開心。

情境示範

A This morning I had my breakfast in bed. Frank had never done it before. It really **made my day**.

早上我在床上吃早餐。Frank以前都沒有為我做過。真是**讓我龍心大悦**。

B That's so sweet!
好好喔!

重點釋義 you made my day 意思是「你讓我的一天很美好、你讓我感到很開心」。一般這種説法用來表達説話者的一種感謝之情,感謝朋友的陪伴和幫助。

◀ 一起學更多 ·····························

相關
That hit the spot.
那使人愉悦。

After walking home from school, a cold soda would really **hit the spot**.
從學校走路回家後來一瓶冰涼的汽水真**舒爽**。

相關
She knock me dead.
她迷倒我了。

The way she poses for pictures really **knocked me dead**.
她為照片擺的姿勢整個**把我迷倒**了。

Don't mind if I do.

那我就不客氣了。

使用時機 表示接受對方的提議時，可用於熟人之間，亦適用於公關交際場合。

情境示範 A Would you care for some more ice cream?
要不要再吃點冰淇淋？

B **Don't mind if I do.**
那我就不客氣囉。

重點釋義 mind 意思是「介意」，if 是「如果」，do 意思是「做某事」，don't mind if I do 意思是如果我這樣做，請不要介意。英語中 mind 常用於交際中客氣的說法，比如請求某人做某事表達為 Would you mind doing sth.。

◀ 一起學更多 ・・・・・・・・・・・・・・・・・・・・・・・・・・・

| **相關**
to die for
超級令人渴望。 | This car is simply **to die for.**
這輛車太令人渴望了。 |
| **相關**
I'm dying forit.
渴望。 | After the long drive, I'm **just dying for** a good night's sleep.
開了這麼長途的車之後我只想好好睡一覺。 |

Chapter

開心／輕鬆 Delight

You saved my bacon.

我沒吃虧。

使用時機 表示沒有受到損失或損害。

情境示範

A Thanks for lending me the money! **You saved my bacon!**

謝謝你願意借我錢，讓我**免受損失**！

B I cannot see you in danger and do nothing, but don't forget to return the money in the future.

我不能夠見死不救，不過以後還是要記得還錢。

重點釋義 save 意思是「拯救」，bacon 是「培根」。發明冰箱前，人們在冬天保存培根，因為培根是食物，也是金錢財富的象徵。此句後來引申為「使人免受損失」。

◀ 一起學更多 ・・・・・・・・・・・・・・・・・・・・・・・・・・・・・・・・

同義 **She pulled him out of the fire.** 免於困境。	His missed shot in the end of the first half didn't **pull the team out of the fire**. 他上半場結束前未能得分，隊伍依舊無法**脫離劣勢**。
反義 **He was deceived into it.** 被拐去做某事。	Even though she had well appearance ,Jane feels **deceived into** ballet by her parents. 雖然表現獲得肯定，珍仍感覺她的父母**拐騙**了她去跳芭蕾。

Weight off your shoulders.
放下心中的大石頭。

使用時機 想表示過了一段時間的折磨後,心情終於較為輕鬆時。

情境示範

[A] Oh my god! I got an offer from the top university in the UK!

我的天啊!我得到英國頂尖大學的入學許可了!

[B] Congratulation! Now you can get that **weight off your shoulder**. What are you going to do to celebrate?

恭喜你!你現在終於可以**放下心中的大石頭**了,那你今天打算做甚麼來慶祝呢?

重點釋義 weight 指的是「重量」,shoulder 是「肩膀」的意思。get weight off one's shoulder 指「放下肩上的重擔」,因此引申為「放下心中大石」、除去心上煩憂,心情終於比較輕鬆的意思。

◀ 一起學更多 ‥‥‥‥‥‥‥‥‥‥‥‥‥‥‥‥‥‥

同義	These are bad times, but you shouldn't **carry the weight of the world on your shoulders**.
carry the weight of the world on your shoulders 負擔很大。	現在生活難過,但你也不用覺得壓力那麼大。

相關	Of all the people I've worked with, you're the only one who **has a head on her shoulders**.
have a head on one's shoulders 聰明細心。	在我合作過的人之中,妳是唯一一個有頭腦的。

Chapter

狂喜

2

/Exhilaration

驕傲

Chapter 2 音檔雲端連結

因各家手機系統不同，若無法直接掃描，
仍可以至以下電腦雲端連結下載收聽。
（https://tinyurl.com/ms5d2ney）

They gave him a blank check. 讓他自由發揮。

使用時機 要表示信任他人，讓人自由發揮時。

情境示範

A Haven't you heard? The people upstairs **gave** Jerry **a blank check** as to his next project.
你沒聽説嗎？上面説Jerry下一個企劃可以**自由發揮**。

B I have a bad feeling about this.
我有不好的預感。

重點釋義 blank 是「空白」的意思，check 是「支票」（有時會寫cheque）。若要給（give）人空白支票讓對方自由填寫金額，表示信任對方，引申為讓人自由發揮。而「空白支票」這句常用語，也很常用於政治圈，意指某位政治人物給他人權力向下發落。

◀ **一起學更多** ....

同義 **a free hand** **自由發揮。**	He got **a free hand** to talk about anything on his show. 他被允許在他的節目上**暢**所欲言。
同義 **free rein** **自由發揮。**	The studio gave the director **free rein** to cast whoever he wants in his next movie. 電影公司讓導演在他的下一部電影想找誰來演**就**找誰來演。

They brought him to his knees. 打倒他了。

使用時機 表示讓本來平等或是處於優勢的對方屈服被擊潰時。多用來形容擊倒惡勢力。

情境示範

A The whole board of that company was arrested this morning.
那間公司整個董事會都在早上被逮捕了。

B A righteous employee was enough to **bring the evil corporation to its knees**.
一個正直的員工，就可以**把整個邪惡企業打倒**。

重點釋義 bring...to...是「使某人做某事」的意思，knee 則是「膝蓋」。在歐洲中古封建時代，若像人屈膝（on one's knees），就表示「屈從」，就像我們下跪、臣服的概念一樣。來 bring one to one's knees 則引申為「迫使屈服」或「徹底擊敗」。

◀ 一起學更多 ••••••••••••••••••••••••••••••••

相關	Every time I get into trouble at school, my friend Dave **takes the fall** for me.
He took the fall. 受責難。	我在學校惹麻煩都是Dave替我頂。

相關	My proposals get **shot down** in the meetings every single time.
shoot it down 抨擊。	我的提案每次都在開會的時候被抨擊。

Eat your heart out.

羨慕吧？

使用時機 很想公主／王子病地炫耀一番，讓人忌妒時。

情境示範

A You see this ring? Johnny proposed last night. **Eat your heart out!**
看到這個戒指了嗎？Johnny昨晚求婚了。**有沒有羨慕啊？**

B Enjoy it while it lasts.
再開心也不會有多久。

重點釋義 原句應為 "This will eat your heart out." 主詞this表示慾望、酸楚和痛苦，將會結結實實地侵蝕聽到這句話的人的心。此話接在人名前面的話，則表示是開玩笑地說「我過得比你還好！」如: I'm going to marry in Himalaya! Eat your heart out, 樑朝尾！

◀ **一起學更多** •

相關 **That's what I itch for** 那就是我渴望的。	She's got the kind of hot boyfriend every other girl **is itching for**. 她有那種每個女生都想要的帥哥男友。
相關 **He has the hots for it** 他超迷戀。	I knew she **had the hots** for her boss since day one. 我從一開始就知道她很迷戀老闆。

This will do the trick.
這招有效。

使用時機　有很有用的辦法應對某人或者某事。

情境示範

A How do I stop my nosebleed?
鼻血要怎麼止住？

B Put a finger under your nose. **That'll do the trick.**
用一根手指放在鼻子下面。**這招有效。**

重點釋義　trick 意思是「惡作劇、詭計」，do the trick 字面意思是實施惡作劇，往往調皮的孩子喜歡搞惡作劇，還總是會得逞，看著別人中計的狼狽樣子最是有成就感。這裡引申為一些成功實施的招數、手段，是一種比較常用的說法。

◀ **一起學更多** ....

同義 **It did the job.** **有用。**	I couldn't find the can opener, but the kitchen knife **did the job**. 我找不到開罐器，但是用菜刀**也行**。
比較 **It works miracles.** **這有奇效。**	This deodorant **works miracles**! I've never smelled better. 這款去味劑**太有效了**！我從來沒那麼香過。

Chapter
02
狂喜／驕傲 Exhilaration

It's in our hands.

被掌控。

使用時機 有自信地表示局面和勢力已經在掌握之中。

情境示範

A We have secured the rights to the novel.
我們取得了那本小說的版權。

B Good. Now the fate of the film adaptation is **in our hands**.
很好。現在小說電影版的命運掌握**在我們手中**了。

重點釋義 be in one's hand 指「在某人的手中」，如中文的「掌控」。如同將某人或者某事牢牢把握在手裡，在掌握之中，有著勢在必得的自信。

◀ 一起學更多 •

相關 hand over the reins 交出權力。	After some disagreement with the producers, the director **handed over the reins** and left the production before the movie was completed. 在與製片之間有歧見後，導演便**交出導筒**並在電影拍完之前就離開了。
同義 in one's clutches 在手中。	After the king died, the princess was **in the clutches** of the evil queen. 國王死後，公主就落入邪惡的皇后**手中**。

My heart skipped a beat.
讓我心跳差點停止。

使用時機 遇到讓人興奮兼緊張的事情之時，常用來形容戀愛中的緊張感覺。

情景示範

A Every day when Betty walks into the classroom, **my heart skips a beat.**
每天看到Betty走進教室，我的**心跳都快停了**。

B Holy cow! You're starting to drool just thinking about her!
天啊！你光想到她就流口水了！

重點釋義 heart 為「心」，skip 是「跳過」的意思，而 beat 則是「拍子」。心跳聲的英文是 heartbeat，而如果心跳突然停了一拍、好像快要停止一般，表示遇到讓人十分緊張的事情。

◀ **一起學更多** ・・・・・・・・・・・・・・・・・・・・・・・・・・・・

相關	This horror movie is not for the **faint of heart.**
I'm the faint of heart. 我膽子小。	這部恐怖片不適合膽小的人。

相關	Underneath his indifference lies a **heart of gold.**
He has a heart of gold. 他有副好心腸。	在他冷漠的外表之下，其實有副**好心腸**。

Chapter 02 狂喜／驕傲 Exhilaration

They hit it out of the ballpark. 他們非常成功。

使用時機 表示人做事成功，獲得滿堂彩式的歡迎。

情境示範

A This flavor of ice cream tastes really interesting.
這個冰淇淋口味很奇特耶。

B The ice cream company actually thought the recipe would bomb, but they **hit it out of the ballpark**, and it became the number-one selling flavor of last year.
這間冰淇淋公司本來以為這是失敗的口味，最後竟然**大賣**，而且是去年銷量最大的口味。

重點釋義 hit 意思是「打擊」，ballpark 有「棒球場」之意。hit it out of the ballpark 源於棒球比賽術語，指將球擊出球場，在棒球規則是全壘打。後來便引申為「出色地完成某事」。

◀ 一起學更多 •

反義 It went on the skids. 衰落。	Business was **on the skids** after the novelty of their product wore out. 產品的新鮮感消退後就漸漸**沒生意**做了。
相關 They are on Easy Street. 輕鬆過日子。	He thought if he pulled this last job, he would **be on Easy Street**. 他以為他最後這一票成功了就能**輕鬆過日子**。

It hit home.

這是當頭棒喝。

使用時機 說明終於醒悟時。

情景示範

A Dad's words really **hit home**. I need to do something with my life.

爸爸的話讓我驚醒了。我必須認真看待我的人生。

B You can start by cleaning up your room.

先從整理房間開始吧。

重點釋義 hit home 字義為「打到家裡了」，家是最後的大本營，引申為問題分析直接戳到重點，說到最關鍵的地方。英語中常會用 home 形容本質的東西。

◀ 一起學更多 ‧‧‧‧‧‧‧‧‧‧‧‧‧‧‧‧‧‧‧‧‧‧‧‧‧‧‧‧‧‧‧‧‧‧

相關	
close to home 敏感。	I couldn't finish reading the novel because the part about divorce hit too **close to home**. 那本小說我讀不下去了。離婚的那段太讓我敏感。

同義	
gut-wrenching 心痛如絞。	The amputation was a **gut-wrenching** decision, but it had to be done. 截肢的決定讓人不忍，但必須這麼做。

Chapter **02** 狂喜／驕傲 Exhilaration

I know it like the back of my hand. 我對這個瞭若指掌。

使用時機 有自信非常瞭解某人或某事。

情境示範

A Do you know anyone from the south of town? I want to find this antique shop, but the streets are a maze.

你有認識誰住在南區的嗎？我想找一家骨董店，可是那邊的街道像迷宮一樣。

B You're looking at him. **I know it like the back of my hand**.

你問對人了。那一區我**瞭若指掌**。

重點釋義 無論是 back（後背）還是 palm（手掌），都是自己身體的一部分，如果說像瞭解自己身體一樣瞭解某人或者某事，那當然是非常有自信和把握了，說明很有自信，對某人或者某事足夠瞭解。

◀ 一起學更多 ••••••••••••••••••••••••••••••

同義	
know it backwards and forwards 摸得清清楚楚。	You can come to me if you have any problems. I **know** the machine **backwards and forwards**. 你有什麼問題就來找我，我對這機器**瞭若指掌**。
同義 **know it inside out** 摸得清清楚楚。	She's only been in the company for a week, and he **knows** everything **inside out**. 她才進公司一個星期就把所有事**摸得清清楚楚**。

He made a quick buck.
迅速致富。

使用時機 以非常快的速度發達起來。

情境示範

A| I bought \$2000 worth of the lottery tickets tonight! I am going to be a millionaire!
我買了今晚兩千元的樂透！我就要變成百萬富翁了！

B| Stop dreaming to **make a quick buck** overnight. Be a man with feet on the ground!
別再夢想一夜**致富**了，當一個腳踏實地的男人吧！

重點釋義 quick 的意思是「快速的、迅速的」，buck 是美元的通俗說法。quick buck 是指短期內容易賺到的錢，使人快速致富。同義詞可說 easy money，也指輕易賺到的不義之財。

◀ 一起學更多 ·····································

同義	
fast buck 不義之財、爆發財。	I heard that his money is out from **fast buck**. You better know how he makes money before marrying him. 我有聽說他的**錢的來源並不道德**，你最好在嫁他之前先搞清楚他是怎麼賺錢的。

同義	
striking it rich 一夜致富。	He is fooling around all day long and expecting to **strike it rich**. 他整天遊手好閒還想著要一夜致富。

Chapter 02 狂喜／驕傲 Exhilaration

Here come some young bloods.
新血加入。

使用時機 表示有新人進入團體中活絡氣氛時。語多帶期望。

情境示範

A **There will be some young bloods** joining our department next week.
下個星期我們這個部門會有一些**新人報到**。

B It's great to hear that! Human resources has finally done something right. I have been overworked for months.
真高興聽到這消息！人力資源部門終於做對事了，我已經加班好幾個月了。

重點釋義 young是「年輕」，blood是「血」，young blood 則指的是「新的血液」，引申為「年輕人」，多用於描述一個團體中的年輕新成員。此一說法多表示該團體對新進之人是有很大的期望，希望新來的年輕人能帶來不同的活力和辦事方法。

◀ **一起學更多** ....

同義 **There's a snake in his bosom.** 恩將仇報。	There is **a snake in his bosom**, so we better be careful. 他是**會對人將仇報的人**，我們最好小心一點。
相關 **She bit the hand that feeds her.** 忘恩負義。	I cannot believe she is the person who will **bite the hand that feeds her**. 我不相信她竟然是那種**忘恩負義**的人。

She rose from the ashes.

浴火重生。

使用時機 人或事物在遭受毀滅性的打擊之後重新振作，開始光明新人生。

情境示範

A A few months after the car accident, Frank has **risen from the ashes**.

Frank在車禍幾個月後，已經完全康復，**浴火重生**了。

B It's so good to hear the news. Let's find time to have a celebration party with him.

真高興聽到這個消息！我們來找時間辦慶祝派對吧！

重點釋義 rise 意思是「上升、出現」，ash 是「灰燼」，rise from the ashes 意思「在灰燼中出現、從灰燼中升起」，引申為「浴火重生」。火焰可以將一切燒成灰燼，卻也會存在浴火重生的奇跡，說明人或事物的生命力的頑強，一切都暗藏新的生機。

◀ 一起學更多 ·

相關	This movie is about the girl's life after she **rises from the grave**.
rise from the grave 死而復生。	這部電影是在說女孩在**死而復生**後的生活的故事。

相關	Jay is **raised through the rank** by himself rather than depending on the power of his father.
rise through the rank 逐步的升遷。	Jay是靠自己**逐步升遷**，而不是靠爸爸的力量。

Chapter 狂喜／驕傲 Exhilaration

Chapter

3

傷心

Sorrow

Chapter 3 音檔雲端連結

因各家手機系統不同，若無法直接掃描，
仍可以至以下電腦雲端連結下載收聽。
（https://tinyurl.com/52c4t5mj）

This won't work even at the best of times.

在最佳情況也行不通。

使用時機 描述無論如何都是行不通的辦法，令人感到絕望時。

情境示範

A Your bold design **won't sell even at the best of times**.

你這個大膽的設計就算在**最佳情況下**，也賣不出去。

B Our sales usually soar during the season, so I think it's still worth a shot.

銷售量在這一季通常都大增，所以我認為仍然值得一試。

重點釋義 work 意思是「工作、運作」，even 意思是「即使」，best 意思是「最好的」，time 意思是「時間」，複數的times 用作「時代」講，這句用語用來描述對提出的方案或者方法的一種無可奈何的否決，「即使在最佳狀態下也行不通」。

◀ **一起學更多** ‥‥‥‥‥‥‥‥‥‥‥‥‥‥‥

相關	Your piece can **at best** be published in a tabloid.
at best 最多。	你這篇文章最多只能刊在小報上。

相關	The survival of the refugee's now **hangs by a thread**.
It hangs by a thread. 危在旦夕。	難民的生命危在旦夕。

It took the better part of the day. 花了大半天。

使用時機 多指花了太多可能可以省下的時間時。

情境示範

A I thought I could finish the lawn in the morning, but fixing the lawn mower **took me the better half of the day.**

我以為早上就可以把草割完,結果光是修割草機就**花了我大半天**。

B You should really just get a new one.

你真的乾脆買台新的就好了。

重點釋義 take 在這裡是「花費、需要」的意思,而 better 的中文雖然是「更好」之意,但在 part(部分)前面指的是「過半的、大部分的」,因此 better part of the day 指的是「大半天、幾乎一整天的時間」,與比較級的「更好」完全無關。

◀ **一起學更多** •

相關	
the best part of it 大部分。	I got food poisoning from Friday night's sushi and spent **the best part of** my weekend in a hospital bed. 我吃了星期五晚上的壽司之後食物中毒,然後周末**幾乎**都躺在醫院裡。

相關	
It takes forever. 到天荒地老。	**It takes forever** for babies to finish a meal. 這個小嬰兒一餐都要吃到**天荒地老**。

Chapter

傷心 Sorrow

It breaks my heart.
讓我好心痛。

使用時機 通常用來表示自己的心上人讓你失望難過時。

情境示範

A **It broke my heart** to see Betty give the cookies out to her friends. I made them just for her.

看到Betty把餅乾送給她朋友**我好心痛**。我特地為她烤的耶。

B You're overreacting. That doesn't mean she doesn't like you or your cookies.

你太誇張了吧。那不代表她不喜歡你，或是你的餅乾啊。

重點釋義 break 指「使破碎」，heart 為「心」，it breaks my heart 表示某樣東西讓你傷心、心碎成片片了。人世間最令人痛苦的莫過於愛情，而這句常用語多用來形容因愛情帶來的傷害。

◀ **一起學更多** ･････････････････････････

相關 **a broken heart** 心痛。	Since that break-up a few months ago, he's been a man with **a broken heart**. 幾個月前分手之後，他就一直心痛著。
同義 **aching heart** 心痛。	This novel cured my **aching heart**. 這本小說治療我的心痛。

I burst his bubble.

戳破他的美夢。

使用時機 說明破壞別人美好的夢想、打擊別人的理想時,可能使對方陷入深沉憂鬱。

情境示範

A I **burst his bubble** about the glamorous life of an actor.

我**戳破**了他的演員明星**夢**。

B I can see he's really depressed now.

他現在看起來的確很憂鬱。

重點釋義 burst 意思是「爆炸」,bubble 意思是「泡泡」,這裡用泡泡來比喻美好的夢想,五彩斑斕卻又容易破碎,burst one's bubble 指「戳破某人的泡泡」,意思就是破壞別人的夢想、打擊別人,使別人心灰意冷了。

◀ 一起學更多 ‧‧‧‧‧‧‧‧‧‧‧‧‧‧‧‧‧‧‧‧‧‧‧

相關 fall short of 未達預期。	The movie's box office on its opening weekend **fell short of** the initial projection. 這部電影的周末票房**未達**初步**預期**。
相關 fall through 失敗。	I got into a serious car accident on the day of my wedding, so many plans, including the wedding and the honey moon, **fell through**. 我在婚禮當天遇上嚴重車禍,所以包括婚禮、蜜月旅行得很多計劃都**失敗**了。

Chapter
03
傷心 Sorrow

He's drowning his sorrows. 借酒澆愁。

使用時機 表示傷心難過，要喝酒才能忘卻不愉快時。也暗示著酒精對憂傷其實於事無補。

情境示範

A Vincent had another break-up. This time he tried **drowning his sorrows**.
Vincent又跟女友分手了。這次他在**借酒澆愁**。

B It'll only make it worse for him. He probably won't even be able to come to work.
這樣只會更糟吧。他大概連上班都會沒辦法。

重點釋義 drwon 為「使……浸在水裡、溺斃」，sorrow 則是「憂傷」。這句話雖然沒有明說要用什麼東西壓抑悲傷，然而自古以來，也只有杯中物可以消愁，因此表示有人要用酒精來麻痺自己、殺死悲傷，也就是要借酒澆愁之意。

◀ **一起學更多** •

相關	
She's drown in it. 多到被淹沒。	**She was drowning in** fan mail after her first performance. 她在第一次演出後，支持者來信把她**淹沒**了。
相關 **drown out** 蓋過。	I use loud music to **drown out** my mother's shouting from downstairs. 我用大聲的音樂**蓋過**我媽在樓下大吼。

She's down in the dumps.
心情不好。

使用時機 想形容人悲慘到極點時。

情境示範

A Jane looks like she's **down in the dumps**.
Jane看起來心情很不好。

B Of course she is. She lost a lot of money in the card game last night.
那當然。她昨晚打牌輸了一堆錢。

重點釋義 down 指「在下面」，而 dump 的名詞雖然為「垃圾堆」，但此處做複數解 dumps 時，其實是中世紀人指「憂傷、沮喪、不幸」的意思。莎士比亞早就在劇作中喊出 Why in your dumps?（為何憂傷？）的句子，是相當長壽的感嘆語。

一起學更多 ·

同義	I was **down in the mouth** about my marriage proposal being turned down.
I'm down in the mouth. 心情不好。	我求婚被拒絕後心情很不好。

相關	She just regularly **dumps all her troubles on me**.
She dumped her complaints on me. 向人傾訴。	她平常就習慣找我傾訴。

Chapter 傷心 Sorrow

She friended me.
被發好人卡。

使用時機 告白被曖昧對象拒絕，心裡相當崩潰時，還要鎮定説出的一句話。

情境示範

A How did the date last night go? You tell her about how you feel?

昨天約會如何？你有跟她説你的感覺嗎？

B I did, but I **got friended**. I thought she liked me.

我講啦，但她**發我好人卡**。我還以為她喜歡我。

重點釋義 friend 原為名詞「朋友」，但這裡變成「使……變成朋友」，因此多是跟曖昧對像告白失敗時會出現的對白－我們還是當是朋友（friends）吧～！也是加臉書（Facebook）好友的動詞，此句也可解讀為：「他加我好友哩」。

◀ 一起學更多 ••••••••••••••••••••••••••••••••••

相關
friend of Dorothy
同性戀。

He looks so masculine and works out a lot. I've never thought of him a **friend of Dorothy**.
他超壯又愛去健身房，我實在不覺得他是**同志**。

相關
friend price
友情價

Before moving, I sell some furniture for friend price for friends still staying at that city.
搬走前，我把一些家具用**友情價**賣給待著的朋友。

It didn't work from the get-go. —開始就不好。

使用時機 想説事情一開始就不順利時。

情境示範

A Have you and Leo been getting along?
你跟Leo處得還好嗎？

B We **didn't really care** for each other **from the get-go**.
我們**一開始**就看對方不順眼。

重點釋義 work 意思是「運作、奏效」，get-go 意思是「開始、開端」，it didn't work from the get-go 意思是「從一開始就沒有奏效」要注意這裏work 的意思，不僅僅是我們熟識的「工作」的意思，還有指「機器運作、方法奏效」之意。

◀ 一起學更多 ·····················

相關 back to square one 回到原點。	When the suspect turned out to be innocent, the investigation was **back to square one**. 嫌疑犯最後發現是無罪的，所以整個調查回到原點。
相關 from the ground up 從基礎做起。	You can't grow big muscles overnight. You have to work **from the ground up**. 你不可能一下子就長肌肉。必須從**基礎**練起。

Chapter

03 傷心 Sorrow

We felt heavy-hearted.
心情沉重。

使用時機 説明沉痛的心情時。多用於事情無法改變之時。

情境示範

A Everyone in the room **felt heavy-hearted** when we learned that a family friend was in a plane crash. There has been no news on survivors.

聽到一個朋友遭遇空難時，整個房間的人**心情**都**很沉重**。目前還沒有生還者的消息。

B I'm sorry to hear that.

真是遺憾。

重點釋義 heavy 是「沉重」的意思，heart指「心」，而這裡心上沉重的原因，是因為太多的悲傷讓心和心情都沉甸甸的。heavy hearted多用於有人死亡時的心情描述，有時候會用來形容舊情難忘的沉重心情。

◀ 一起學更多 ••••••••••••••••••••••••••••

相關	
I'm so sick at heart. 十分悲傷。	The news about the earthquake and all the people that lost their lives makes me **sick at heart.** 地震和很多人喪生的消息讓我感到**悲傷**。

相關	
It tear me up. 使人悲傷。	Seeing the dog being hit by the car **tear me up.** 看到狗被車撞讓我心碎成片片了。

My heart sank.
心一沉。

使用時機 想要說明非常驚訝沉痛的心情時，才會說出口。

情境示範

A When I woke up this morning and found scraps of paper all over my bedroom floor, **my heart sank**. The dog ate my homework.
我早上起床發現房間地上都是碎紙時，**我的心一沉**。狗把我的作業吃掉了。

B I'm pretty sure that's not what happened.
事情不是這樣的吧。

重點釋義 heart 指「心」，而sink是「沉到水裡」的意思。此句是表示發生了令你震驚害怕不已的事情時，才會有這樣的感覺，所以除非是很嚴重的情況，才會這麼說，因為連美國人自己都覺得這句話太誇張了，而會斟酌使用時機。

◀ **一起學更多** . . . .

相關 **It was a sinking ship** 無望。	I thought the movement **was a sinking ship**, but it kept on going. 我以為這個運動已經**沒希望了**，但它仍然持續著。
相關 **It sank like a stone** 徹底失敗。	His acting career **sank like a stone** after his outburst on the talk show. 他在節目上的脫序行為後，表演生涯就**沉入谷底**。

Chapter

03

傷心 Sorrow

He learned it the hard way.
學到慘痛的教訓。

使用時機 形容人經歷很大挫折或者很痛苦的失敗之後，才得到教訓。

情境示範

A Why won't you let me go bear hunting with Uncle Bruce?

為什麼不讓我跟Bruce叔叔去獵熊啦？

B I've told you a million times how dangerous it's going to be, and that I don't want you to **learn it the hard way**.

我已經告訴過你幾百次那很危險。還有，我不想你用**慘痛的方式學到教訓**。

重點釋義 hard 為副詞「艱難地」，learn it the hard way 中的 the hard way 字面意思是「痛苦的過程」，在這裡作方式狀語修飾動詞 learn，全句意思是透過很痛苦的過程學到教訓。

◀ 一起學更多 ‥‥‥‥‥‥‥‥‥‥‥‥‥‥‥‥‥‥‥

相關	
brush it up 增進能力。	I need to **brush up** my dance moves before the weekend, or I'll really embarrass myself at the party. 我要在周末前多**練習**舞步，不然在派對上會很丟臉。
相關	
It's trade secret. 密技。	People ask me how I sell ten cars a week, and I tell them it's **trade secret**. 很多人問我一周賣十輛車是怎麼辦到的，我告訴他們這是**機密**。

You kept me in the dark.
你瞞著我。

使用時機 覺得自己被矇在鼓裡，要生氣地指控別人時。

情境示範

A You found out you're pregnant two months ago? How much longer did you intend to **keep me in the dark**?

你兩個月前就知道懷孕了？你還想**瞞**我多久？

B I don't know. I'm so confused.

不知道。我現在心裡一團亂。

重點釋義 the dark 指的是「暗處」，而 keep someone 就是「使某人在某一狀態中」。此句就是指把人留在黑暗裡，就像矇在鼓裡一樣，四周烏漆抹黑，自然搞不清楚發生什麼事，更不知道來龍去脈。

◀ 一起學更多 ●

同義 **Keep a lid on it.** 要保密。	She's been very busy with his work, so I am **keeping a lid on** his mother's operation for a while. 她最近工作很忙，所以我暫時**沒告訴她**她的媽媽動手術的事。
同義 **Keep it under wraps** 保密。	I have been **keeping** the real number of movie posters I own **under wraps**. 我一直**沒透露**我擁有多少電影海報。

Chapter

03

傷心 Sorrow

It isn't meant to be.

命中不註定。

使用時機 黯然地表示註定沒有緣分時。

情境示範

A Mary broke up with me after we had been dating for 5 years . I'm so devastated.

Mary和我交往五年，結果分手了。我好崩潰。

B Maybe you two just **aren't meant to be**.

或許你們就是**命中不註定**。

重點釋義 meant 是動詞 mean 的過去式和過去分詞，表示「意味、意思是」。meant to be 用了被動語態形式，引申為「命中註定」。it isn't meant to be. 表否定意義「命中不註定、沒有緣分」。

◀ 一起學更多 ∙∙∙∙∙∙∙∙∙∙∙∙∙∙∙∙∙∙∙∙∙∙∙∙∙∙∙∙∙∙∙∙∙∙∙∙

同義	We are here because it is **written in the stars**.
It was written in the stars. 早就註定的。	我們在此相會是**天註定**。

相關	He is always **tempting fate** by closing his eyes when walking across the street.
She was tempting fate. 挑戰命運。	他每次都用閉眼睛過馬路來**挑戰命運**。

Part 1 情緒篇 Emotions

It's like searching for a needle in a haystack.

海底撈針。

使用時機 面對根本不可能完成的任務時,也能表示說的人十分心灰意冷。

情境示範

A Can you help me to get my wallet on the desk?
可以請你幫我從桌上拿我的皮包嗎?

B No. Take a look at your messy desk. I don't want to spend a whole afternoon in **searching for needle in a haystack**.
不,看看你凌亂的桌子,我可不想花一個下午做這種**海底撈針**的事。

重點釋義 needle 的意思是「針」,haystack 指「乾草堆」。英國農牧業發達,秋收之際都會有許多乾草堆,體積龐大,為數眾多。在英語中的比喻很難找的東西,用針來表示,只是場景換成了農牧場裡的乾草堆,所以 needle in a haystack 指的就是「大海撈針」。

◀ 一起學更多 ·

同義	To find a stolen purse in train station is like **looking for the needle in the haytstack/ocean**.
To look for the needle in the haystack/ocean. 海底撈針。	在火車站找一個被偷走的皮包就如**海底撈針**。

Chapter 03 傷心 Sorrow

She's got one foot in the grave. 時日不多。

使用時機 某人在世時日所剩不多時。

情境示範

A Do you want to go hiking with us on the National Holiday?

這個假日你要跟我們一起出門爬山嗎？

B I'd better not go. My grandma already **has one foot in the grave**. I need to spent some more time with her.

我最好別去，我的祖母所剩**時日不多**，我必須要爭取多點時間陪陪她。

重點釋義 foot 是「一隻腳」，grave 是「墳墓」的意思，而「一隻腳在墳墓裡面」，就是行將就木、快要過世的意思。是比喻一個人的生命即將到盡頭時的婉轉說法。

◀ **一起學更多** ・・・・・・・・・・・・・・・・・・・・・・・・・

| **相關**
have the shoe in the other foot
情況完全不同。 | I used to be a reporter and now I am a president who is the one being reported all the time. Now I **have the shoe in the other foot**.
我過去是一位記者，現在是一位不停被報導的總統。我現在**情況完全不同**了。 |
| **相關**
shoot oneself in the foot
自打嘴巴。 | It is funny to see a person **shoot themselves in the foot** without awaring of it.
看一個人**自打嘴巴**卻不自知就覺得有趣。 |

She's pushing up daisies.
她過世了。

使用時機 文雅地說某人去世時。這樣說也可以稍微減輕死亡帶給人的傷痛。

情境示範

A Where's your dog? She was always barking every time I came here.
你的狗呢？我以前來的時候，她都會一直對我吠。

B That was long ago. She's over by the woods **pushing up daisies**.
那是很久以前了。現在她在樹林旁邊**長眠**。

重點釋義 daisy 是「菊花」。在西方人看來，菊花象徵死亡，人死後被埋在地下，人們會將一束菊花放在基碑前表示紀念，以安撫死者的靈魂。push up daisy 指「向上推著菊花」，是一種表示人已經長眠地下的意思。

◀ 一起學更多 ....

同義	My parrot could not survive the heat wave and has **gone to meet its maker**.
go to meet one's maker 去見上帝了。	我的鸚鵡沒能撐過熱浪，**去見上帝了**。

同義	He had fought cancer for several years but eventually **passed on**.
pass on 過世。	他和癌症對抗了很多年，最後還是**過世**了。

Chapter 03 傷心 Sorrow

It reached the end of the line. 走到盡頭。

使用時機 表示完全無計可施，或是想到腦袋快破掉時。

情境示範

A It's sad to see the newspaper **reach the end of the line**.

看到這家報社**走到盡頭**真令人難過。

B Yeah. I've been a faithful reader, too.

對啊，我也是忠實讀者。

重點釋義 reach 意思是「到達」，end 意思是「終點、盡頭」，line 意思是「路線」，reach the end of the line 意指到達路線的盡頭，引申為「走到盡頭，已經無路可走」了。

◀ 一起學更多 ･････････････････････････････

比較	
Cut it short. 提前結束。	The movie's theatrical run was **cut short** because of protests from religious groups. 這部電影因為宗教團體的抗議而**提早下檔**。
比較	
I hit the wall. 遇到瓶頸。	The construction team **hit the wall** when they couldn't stop ground water from flooding the site. 建築團隊因為無法阻止地下水淹沒基地而**遇到瓶頸**。

That's the way it goes.

就是這樣了。

使用時機 想要結束充滿抱怨的對話，或是對一件衰事無奈地下註腳時。

情境示範

A I heard you broke up with Emily, but you don't look depressed.

我聽說你跟Emily分手了。可是你看起來沒有很難過耶。

B Yeah, because **that's the way it goes**. I can do nothing about it.

對啊，**就是這樣了**。我也無能為力。

重點釋義 way 在這裡為「方式」，it 代指「人生」、「世間常理」。就算我們難過、悲傷、甚至抵抗，許多事情還是必然會發生，只能接受。可用成語「木已成舟」來解釋。是一句很常聽到、常用來當最抱怨結尾的句子，要對方別再對世界忿忿不平了。

◀ 一起學更多 ••••••••••••••••••••••••••

同義	If you can't change the ticket, **so be it**; I'll fly there on Monday.
So be it. 就這樣吧。	不能改機票的話，**就算了**。我星期一再飛過去。

相關	Don't just sit here crying. **Do something** to get her back.
Do something! 想想辦法啊！	不要在這裡哭了。**想辦法**挽回她吧。

He threw in the towel.

舉白旗投降。

使用時機 表示放棄對抗，勇敢承認失敗時。

情境示範

A Big news! Hank Anderson **threw in the towel** in the second round of the match.

號外號外！Hank Anderson 在第二回合的時候**舉了白旗**。

B What?! Isn't he the top boxer in the world? Who did he face this time?

什麼？他不是世界最頂尖的拳擊手嗎？他這次是遇到了誰啊？

重點釋義 throw 意思是「投擲、扔」，towel 意思是「毛巾」，throw in towel 最早出自拳擊賽場，一方的教練把毛巾丟入拳擊場內，表示放棄比賽。後來引申為「舉白旗、投降」。

◀ **一起學更多** ·

相關 **chuck up the sponge** 投降。	I'll **chuck up the sponge** for not being beat up. 為了少挨頓毒打，我**投降**。
相關 **drop out** 退出。	Jennifer **dropped out** the audition last weekend for the pink eye. 上週珍妮佛因為得了結膜炎而**退出**試鏡。

She told us her sob story.

悲慘遭遇。

使用時機 要說明一個讓大家都感到同情的故事，但也可能代表一個騙人眼淚的假故事。

情境示範

A After she told us her **sob story**, we all started weeping in sympathy.

她跟我們說了她的**悲慘遭遇**後，我們都掉下了同情的眼淚。

B Seriously? It might not even be true.

妳認真的嗎？說不定她是騙你們的。

重點釋義 sob 指「哭泣的啜泣聲」，story 是「故事」，而sob story 指的是「令人難過的悲慘遭遇」。但是，因為 sob story 已經在字面上提醒人說「這是一個悲傷的故事」，所以 sob story 也可能指的是故意要賺人熱淚的故事，不一定是真的，杜撰成分較高。

◀ **一起學更多** ．

相關	Every time she doesn't get a part, she **cries in her beer**.
She cries in her beer 自怨自艾。	她每次沒得到演出機會就在那邊**自怨自艾**。

相關	One day I might get tired of being just **a shoulder to cry on**.
He's a shoulder to cry on 提供安慰。	有一天我可能會厭倦只當**提供安慰的人**。

Chapter **03** 傷心 Sorrow

Chapter 4

討厭
/ Anger
生氣

Chapter 4 音檔雲端連結

因各家手機系統不同，若無法直接掃描，
仍可以至以下電腦雲端連結下載收聽。
（https://tinyurl.com/2vd4tmju）

That was on my back.

惹到我了。

使用時機 對他人的言行表示非常火大時。

情境示範

A This time Hank is **really on my back**.
這次Hank真的惹毛我了。

B Just because he stole a chicken leg from your lunch box? Don't be so childish. It's not a big deal.
只因為他從你午餐盒偷走一隻雞腿嗎？別孩子氣了，這根本沒什麼。

重點釋義 on 意思是「在上面」，back 是「後背」。背後是每個人的死角，也是每個人最忌諱觸碰的地方，此句有居然都爬到了我的後背上，真是膽子不小了的意思！有點像中文常說的「欺負到頭上了」，都是指會讓人生氣、不高興的意思。

◀ 一起學更多 •

同義	Leave me alone! **You're getting on my nerves.**
You're getting on my nerves. 惹毛我了	讓我一個人靜靜，你惹毛我了。

相關	He has **monkey on his back** for two year even though he had once been put into jail.
He has monkey on his back. 染毒癮。	他染上毒癮已有兩年，即使他曾經因此坐過牢。

He always called me names. 辱罵。

使用時機 對某人的語言攻擊。

情境示範

A My previous employer always **called me names** when I made a tiny mistake. What a psycho.

我的前老闆只要我犯個小錯誤，就把我**罵得很難聽**。根本是個瘋子。

B But in the end you were fired because you made a big one.

可是最後你是因為捅了大簍子才被炒的。

重點釋義 call 意思是叫、稱呼，name 意思是名字，call one names 意思是稱呼某人的全名，names 用作複數表示名字的全稱，比如John Smith。以英文為母語的人，在日常生活中不會稱呼對方的全名，經常是叫對方名字或者姓氏，稱呼全名會是一種表達不滿或者厭惡語氣的表現。

◀ **一起學更多** ．．．．．．．．．．．．．．．．．．．．．．．．．．

相關	
It was a slap in the face. 真是打擊。	Losing the game after such intense practice was **a slap in the face** for the whole team. 如此認真練習後還輸掉比賽對整個球隊來說是**大打擊**。

相關	
He kicked the me around. 他欺負我。	My big sister is always **kicking me around.** 我姊都一直欺負我。

Chapter 04 討厭／生氣 Anger

I was driven up the wall.

形容把某人逼得實在受不了。

使用時機 表示煩躁到不行，或是無計可施、走到絕境時。

情境示範

A I was being **driven up the wall** by the long meeting.

我被冗長的會議**逼得實在要受不了**了。

B Me too. They were chatting actually.

我也是，她們根本就在聊天。

重點釋義 drive 原指動詞「開車」，這裡指「驅趕」，而 up the wall 指「到牆壁上去了」，drive one up the wall 指「把某人逼到牆上去了」，指的是把某人逼到牆角、絕境，對方無處可躲，連牆壁都得爬。也表示一個人極度煩躁。

◀ 一起學更多 ....

同義 **drive round the bend.** 把人逼瘋。	Your weird faces are **driving me around the bend.** 你那些鬼臉要把我**逼瘋**了。
同義 **drive you to distraction.** 使人分心。	The baby's crying **drove me to distraction**, and I couldn't get any work done. 寶寶在那邊哭，一直**害我分心**，什麼事都做不了。

He dressed her down.
他把她數落一番。

使用時機 想好好碎碎唸一個人時。

情境示範

A| Isn't it kind of cruel for Jerry to **dress down** like that in front of everybody?
Jerry那樣在大家面前數落Jane也太毒了吧。

B| He's so mean. Jane's probably going to eat a bag of doughnuts again.
他就是這麼賤。Jane大概又要吃整袋甜甜圈了吧。

重點釋義 dress 普遍的中文意思是「穿衣服」，但是在西元15世紀，dress 有「責備、懲罰」之意，介係詞 down 在幾個世紀後才被加上去。所以，dress down 演變成體罰或者是言語上的責罵。

◀ 一起學更多 ·

相關	
give a hard time 找麻煩。	The boss **gave** Dave **a hard time** about the report he forgot to write. Dave因為忘記做報告被老闆找麻煩。
相關	
under fire 遭受批評。	Our department came **under fire** for the decision to give out bottled water. 我們部門因為決定發送瓶裝水而遭到批評。

Chapter **04** 討厭／生氣 Anger

He ate his words.
食言。

使用時機 忿忿地表示一個人食言而肥時。

情境示範

A I thought we were going to the museum. You said you were taking the day off.
我們不是要去博物館嗎？你說你今天休假的。

B I hate to **eat my words**, but something came up at the office.
我很不想**食言**，但是公司那邊突然有事。

重點釋義 eat 指「吃」，words 指「文字、說的話」。此處可以當「食言」解，但是也可以是一個人把說過的話再吞回去，表示承認自己說過的話是錯誤的。基本上都是表示一個人說過的話，與實際情況不符合的意思。

◀ 一起學更多 ·······································

同義	
He went back on his word. 食言。	If I can't sneak out of the meeting, I may have to **go back on my word** about taking you to the movies. 如果我沒法從開會偷溜的話，可能要**食言**不能帶你去看電影了。
相關	
I had a change of heart. 改變心意。	I was going to propose to her this evening, but she called to say we needed to talk, so I **had a change of heart.** 我本來今天晚上要跟她求婚，但是她打來說我們要談談，所以我**改變心意**了。

That and 50 cents will buy you a cup of coffee.

根本不值得。

使用時機 想表示事情跟咖啡一樣常見到不行，根本就沒那麼有價值時。注意對方可能受辱。

情境示範

A I got my Ph.D. in History!
我拿到歷史學的博士學位了！

B So what? **That and 50 cents will buy you a cup of coffee**.
所以呢？**這根本就不值得。**

重點釋義 cent 指「美分」。很多事情是無法用金錢量化的，但如果有一件事情沒有想像中的那麼有少見、價值，只要加上50美分就可以買一杯台幣 100 元左右一杯的尋常咖啡時，就是對該事情極度地貶抑。

◀ **一起學更多** ································

相關	If Joseph has chance, he would be a guy **wearing a ten-dollar hat on a five-cent head**.
He wears a ten-dollar hat on a five-cent head. 俗氣的有錢人。	如果喬瑟夫有機會，他也會變成一個**華麗的草包**。

相關	You can't place cats and mice in the same cage and remain peace. **Wake up and smell the coffee!**
Wake up and smell the coffee! 面對現實吧！	你無法將貓與老鼠和平的安置在同一個籠子裡。**面對現實吧！**

Get out of my face.

滾開。

使用時機 兇猛地要人閃開時，多因對方令你非常不爽時。

情境示範

A **Get out of my face!** I'm in a really bad mood.
滾開！我現在心情很不好。

B I still need the $5 you owe me, or I don't have money for lunch.
我還是要你欠我的五塊，不然我沒錢吃午餐。

重點釋義 get out of 指的是「從……離開」，my face 指「我的臉」，不過這裡可以解釋為「我的面前、眼前」，整句表示「離開我的面前！」是非常氣憤的一句話，通常是生氣到什麼都不想說時，才會爆出口的一句話。

◀ 一起學更多 ••••••••••••••••••••••••••••••••••••

同義	
Go fly a kite. 滾蛋。	You're trying to sell me your cookies again? **Go fly a kite.** 你又要賣我餅乾了嗎？**滾蛋吧。**
Take a hike. 一邊涼快去。	Last time I tried to tell him it's beyond out budget, he told me to **take a hike**. 上次我要跟他說那樣超出預算，他就叫我**閃邊涼快去**。

It went too far.

太超過了。

使用時機 想認真嚴肅地說某件事已經快要令人發火了。

情境示範

A Why is he so upset? It's just a bit of fun!
他在氣什麼？不過是玩玩嘛。

B You just don't understand that your pranks can **go too far**.
你都不知道你的玩笑會**開過火**。

重點釋義 too far 的中文是太遠的意思，其實就和中文的「超過」有異曲同工之妙，都是指過了某條界線，讓人要抓狂。會說出這句話，表示事態已經到了非常嚴重的地步了！

◀ 一起學更多 •

同義	
cross the line 過火。	I understand that kids can be mischievous, but the kids from across the street **crossed the line** when they tried to set fire to my cat. 小孩子調皮我能理解，但對面那些小孩想在我的貓身上點火就**太超過了**。

同義	
go overboard 做得超過。	Wouldn't you be **going overboard** inviting the whole town to your wedding? 你邀請全村的人來你的婚禮會不會太誇張了？

Chapter
04 討厭／生氣 Anger

She went off the deep end.

她情緒失控。

使用時機 想形容一個人難過生氣到炸點時。請勿在生氣的當事人面前這麼說，對方會更加爆炸。

情境示範 A When I asked her about the accident, she **went off the deep end** and couldn't stop crying.
我們談到這起意外的時候，她**整個崩潰**然後哭個不停。

B I specifically told you to never bring that up.
我明確的告訴過你別提那件事。

重點釋義 deep end 指「深水」。這句話是從游泳、潛水發展而來的。深水處非常危險，可能在其中迷失。此表以深水處的危險，表示一個人情緒失控的生氣、傷心程度。

◀ 一起學更多 ••••••••••••••••••••••••••••

同義	Helen's been under a lot of stress from her job, and when her boy friend dumped her, she just **fell apart**.
She fell apart. 崩潰。	Helen一直工作壓力很大。被男朋友甩了之後就整個**崩潰**了。

同義	She **lost her temper** during the movie when the guy next to her wouldn't stop talking.
He lose his temper. 發飆。	她看電影的時候因為旁邊那個人不停講話而暴怒。

Knock it off!

夠了！

使用時機 對某人的言行忍無可忍時。

情境示範　　A **Knock it off!** I have an exam tomorrow.
別鬧了！我明天還要考試。

　　B She started it.
都她害的啦。

重點釋義 knock 意思是「敲、打」，off 意思是「切斷、走開」，
knock off 字面意思是敲打某人或者某事，使其停止、
中斷。這是一句美國常用俚語，有讓某人停止做某事的
意思，語氣強烈時有「住嘴、少來這一套」的意思。

◀ 一起學更多 ∙∙∙∙∙∙∙∙∙∙∙∙∙∙∙∙∙∙∙∙∙∙∙∙∙∙∙∙∙∙∙∙∙∙∙

同義	We're going to the zoo again? **Give me a break!**
Give me a break. 饒了我吧。	又要去動物園了喔？饒了我吧！

相關	You should really **cut her some slack**. It's her first day on the job.
Cut her some slack. 別再怪人家了。	妳就**別再怪人家了**。她也才第一天上班。

They're as good as dead.
他們死定了。

使用時機 生氣到想要威脅別人時，請注意對方可能會嚇壞。

情境示範

A If those little brats step on my lawn again, they're **as good as dead**.

那些壞小孩再踏上我的草皮就**死定了**。

B Come on, they're just kids.

唉呦，他們只是小孩嘛。

重點釋義 As good as 意思是「幾乎是」的意思，所以 as good as dead 就等於「快死了」。而這裡的威脅語氣，讓這句話變成是「我要把你弄得很慘！」是屬於很生猛的句子。

◀ 一起學更多 ・・・・・・・・・・・・・・・・・・・・・・・・・・・

同義	As soon as I saw my girlfriend checking my text messages, I knew **I was done for**.
I am done for it. 完蛋了。	我看見我女朋友在檢查我的手機簡訊的瞬間，我就知道**我完了**。

相關	After I **finished off** the last beer in the fridge, I discovered that all the beer I had were expired.
finish it off 解決。	我**解決了**冰箱裡最後一瓶酒，才發現我剛才喝的啤酒全都過期了。

That was the last straw.
忍無可忍了。

使用時機　表示一個人無法再承受更多東西時，再細微的東西也無法接收，一切累積到了引爆點。

情境示範

A｜I had been putting up with Pam's tricks for a long time, but putting a fake cockroach in my tea really was **the last straw**.

長久以來我一直忍耐Pam作弄我，但是，在我的茶裡放假蟑螂讓我**忍無可忍**了。

B｜Don't do anything stupid.

別幹傻事啊。

重點釋義　原句為 It was the last straw that broke the camel's back.（壓倒駱駝的最後一根稻草。）這句話源於阿拉伯，他們用耐重的駱駝馱稻草時，如果負重量已經到了極限，那即使是再多加一根輕輕的稻草，也足以讓駱駝潰跌。小説家狄更斯（Charles Dickens）也在小説中用過此語。

◖ 一起學更多 ·

相關	
Live with it. **接受。**	In the end I decided that I could **live with** my kids only visiting me on the weekends. 最後我決定**接受**只有周末和孩子見面。

相關	
I can't put up with it. **忍不下去了。**	We've **put up with** the stink from the factory for 10 years now. 我們**忍受**工廠傳出來的臭味已經十年了。

She lost it.

她氣炸了。

使用時機 對於對方過分的言行非常惱火。

情境示範

A Why are you home so early? I thought you went out with Monica.

怎麼這麼早就回來？我以為你跟Monica去約會。

B I told her I'm having second thoughts about getting married, and **she** completely **lost it**.

我跟她說我在重新考慮結婚的事，她就整個**氣炸**了。

重點釋義 lose 意思是「丟失、丟掉」，lose it 中的 it 可以理解為「控制力、理智」。已經憤怒都失去理智了，是相當可怕的場面啊，所以平時我們還是要盡可能保持冷靜。

◀ 一起學更多 ‧‧‧‧‧‧‧‧‧‧‧‧‧‧‧‧‧‧‧‧‧‧‧‧‧‧‧‧‧‧‧‧

同義	
He hit the ceiling/ roof. 氣炸了。	After seeing his car back with a long scratch on the side, my dad **hit the ceiling**. 我爸一看到他的車側面帶了一條長長刮痕回來，馬上**氣炸**了。

同義	
She flew off the handle. 氣炸了。	Lindsay is really having problems with her roommates. She's **flying off the handle** all the time. Lindsay和她室友的相處真的有問題。她不時都在**發飆**。

She made a volte face on it. 變卦。

使用時機 表示人態度無情地大轉變時。

情境示範

A The manager for some reason **has done a volte face** on my proposal and rejected it.
經理由於某種原因**改變心意**駁回了我的計畫。

B Oh! Poor you.
哇,你真是可憐。

重點釋義 volte face 源自法文,表示「別過臉去」,現代英文中多指態度180 度大轉變,而且多用於政治領域,用古老的外來語,表示自古以來就是不留情面、變換無常的政治生態。

◀ **一起學更多** ·

反義	His efforts to preserve the forest **went all the way** and received support from around the world.
We went all the way. 堅持到最後。	他**堅持**對保護森林的付出,並得到全世界的支持。

相關	The government's **policy change** in the field of genetics rendered all our work useless.
policy change 政策轉彎。	政府對基因技術的**政策轉彎**害我們的心血全白費。

Chapter **04** 討厭/生氣 Anger

You're making a scene.
打擾到別人。

使用時機 想說一個人正在因不光榮的事情惹人注意時。

情境示範

A You're breaking up with me?! In a restaurant?!
你要跟我分手？！在餐廳裡？！

B Lower your voice. **Don't make a scene**.
小聲一點。**別打擾別人。**

重點釋義 scene 指電影或戲劇中的「景、一幕」，而 make a scene 表示正在讓自己變成劇場主角，受到注意。不過這個「場景」其實多只在公眾場合吵架或破口大罵的情景，大家都在等著看這戲裡的一幕呢。

◀ 一起學更多 ．．．．．．．．．．．．．．．．．．．．．．．．．．．

相關	Can you stop singing at my door? You're only **making a fool of yourself**.
You're making a fool of yourself. 讓自己出醜。	你別繼續在我門口唱歌了。你只是在**讓自己出醜。**

相關	You're always **driving me up the wall** because you won't shut up about how cute your baby is.
He drove me up the wall. 好煩人。	你一直說你的寶寶多可愛說個不停**讓我很煩。**

It was the pain in the neck.
芒刺在背。

使用時機 想說明一個討厭的人或情況時。通常無傷大雅,但是就是會令人很煩躁。

情境示範

A My mom keeps adding me as her friend on Facebook.

我媽一直想要加我為臉書好友。

B My parents are my Facebook friends it's a real **pain in the neck**. It feels like they're watching me all the time.

我爸媽都是我的臉書好友,但這讓我感到**芒刺在背**,好像他們隨時隨地都在監視著我。

重點釋義 pain 是「痛苦」,neck 則是「脖子」的意思。落枕時,脖子不能轉動讓我們痛苦不堪,而 pain in the neck 表示令人討厭或煩躁的人、事情。通常指的是比較瑣碎的煩惱。

◀ 一起學更多 ・・・・・・・・・・・・・・・・・・・・・・・・・・・

同義	
It's pain in the ass. 令人痛苦。	It's **pain in the ass** for me to ride on a roller coaster. 對我來說坐雲霄飛車是**非常痛苦的**。

相關	
That's the pain point. 困難之處	Have we make progress on the **pain point**? We need to have all design settled down this week. 我們突破那個**困難點**了嗎?我們必須要在這星期確定全部的設計。

Chapter 04 討厭/生氣 Anger

Don't pass the buck.
別想推卸責任。

使用時機 感覺對方想要逃避責任時。

情境示範

A I thought you had extra batteries with you!
我以為你有帶備用電池啊！

B **Don't try to pass the buck!** You were supposed to bring your own cell. Now we can't even call for rescue.
別推卸責任！ 你自己應該要帶手機的。現在我們連打電話求救都無法了。

重點釋義 十九世紀一種紙牌遊戲，當輪到某個人負責發牌時，buck（鹿角手柄的刀）就會被轉交給這個人。後來 pass the buck 成為一種紙牌術語，它的意思是「把發牌權轉交給某人」。後來就演變成「把責任推給另一個人」。

◀ 一起學更多 ∙∙∙∙∙∙∙∙∙∙∙∙∙∙∙∙∙∙∙∙∙∙∙∙∙∙∙

相關	Why are you still dating guys who always **shrug off responsibilities**?
He shrugs off responsibility. 事不關己。	你怎麼還是都交那種**不負責任**的男友啊？

相關	My kids **copped out** when I offered to drive them to the ball game in exchange for them to wash the car.
I wanted to cop out. 想逃避。	我叫我小孩洗車來交換載他們去看球賽的時候他們就想逃避了。

You're pouring salt in my wound. 傷口上撒鹽。

使用時機 故意戳痛別人的心事，火上澆油。

情境示範

A I had told you not to do such stupid circus tricks on the others! See what you've done!
我早就跟你說過，不要在別人身上玩這種笨蛋馬戲團遊戲！看看你做的好事！

B Please don't **pour salt in my wound**. I know what I've done.
拜託不要在我**傷口上灑鹽**了，我知道我自己做了什麼。

重點釋義 pour 意思是「傾倒」，salt 意思是「鹽」，wound 意思是「傷口」。pour salt in a wound 「在傷口上灑鹽」，會讓受傷的人傷口不能痊癒，而且更加痛苦不堪。說話時，不恰當的話語也會起到這樣的作用，給別人帶來加倍的痛苦。

◀ 一起學更多

同義	My computer runs slow, and to **add insult to injury**, it has totally crashed down before the day I hand in the paper.
add insult to injury. 雪上加霜。	我的電腦已經跑很慢，**更衰的是**，在我交出論文的前一天他當機。

同義	David is the one who can be trust. He always **helps a lame dog over a stile**.
help a lame dog over the stile. 雪中送炭。	David 是一位可信任的人，他總是替人雪中送炭。

Chapter **04** 討厭／生氣 Anger

085

You just pushed his buttons. 你把他惹毛了。

使用時機 表示有人說了不該說的話。

情境示範

A Why did he walk out on me like that?
他怎麼就這樣走掉？

B He hates it when people talk about his job.
You just **pushed his buttons**.
他最討厭有人談論他的工作。你**踩到他的地雷**。

重點釋義 push 指「按壓」，button指「按鈕」，這裡 push one's button就是故意往對方介意的地方去探，目的是要激怒某人，可能就只是想讓他生氣，或是想看對方的反應。可以和中文的「踩到地雷」做比較，只不過「踩地雷」比較沒有刻意的成分。

◀ **一起學更多** ·

同義 I stepped on her toes. 因插手別人的事而冒犯到人。	I must have **stepped on her toes** when I tried to rearrange the living room, because she's not talking to me. 我一定是因為擅自整理客廳而**惹到她**了。她現在都不跟我說話。
相關 He was foaming at the mouth. 氣到七竅生煙。	She was **foaming at the mouth** when she told me she caught her boyfriend kissing another girl. 她跟我說她抓到他男友親別的女生這件事的時候是**七竅生煙**。

He queered the pitch!
他搞砸計畫。

使用時機 指有意使原定計劃無法實現時。

情境示範

A I can't find my proposal for the meeting tomorrow. I'm sure I put it on my desk before I left.

我找不到明天會議要的提案了！我確定離開前擺在桌子上啊。

B There might be someone trying to **queer the pitch**. Do you have a backup on your computer?

可能有人想要故意**搞砸你的計畫**。電腦裡有備份檔案嗎？

重點釋義 queer 意思是「破壞、打破」，pitch 意思是「音高」，queer the pitch 意思是破壞了音高或聲調，將原定的節奏打亂。在這裏引申為故意搞砸了計畫、破壞了原來的約定。

◀ 起學更多 ･･･････････････････････････････

同義	
spoil chances of success 搞砸大好機會。	She **spoils chances of success** in future for the reason that she needs to stay at school for one more year. 她搞砸了大好機會，因為她還要多留在學校一年。

相關	
in queer street 大量欠債。	We haven't heard any news about Louis for long time but I know he was **in queer street** before he disappeared. 我們已經有很久沒有 Louis 的消息了，但我知道在他消失之前，**欠了很多錢**。

Chapter **04** 討厭／生氣 Anger

He made a queue jumping.

插隊。

使用時機 想表示有人亂插隊，弄得排隊的大家很不開心時。

情景示範

[A] Chinese people are known for **jumping queue**.

中國人**插隊**的習慣，已經是全世界都知道的了。

[B] I agree. Especially when I went to World Expo which help in Shanghai last year, I was totally pissed off by their terrible manner.

我同意。特別是我去年到上海世博時，我被他們這種可怕的習慣給惹毛了。

重點釋義 queue 指的是「隊伍」的意思，jump 則是「跳躍」，jump the queue 指的就是插隊。同義可說 cut the line（切進隊伍裡），也是插隊之意，不過 jump the queue 通常是指有人非常無禮地亂插隊時。

◀ 一起學更多 ••••••••••••••••••••••••••••••••

同義 **get in line** 排隊	If they don't **get in line**, they'll be penalized. 假如他們不**排隊**，將會受處罰。
相關 **line up** 排隊	People started **lining up** last night. 人們從昨晚就開始**排隊**。

Thank you very much.
不用你多心。

使用時機 用在覺得對方說的是廢話時的回應。

情境示範

A Did you know Jerry bought an RV?
你知道Jerry買了一台露營車嗎？

B He's been telling everyone about it since this morning, **thank you very much**.
謝謝喔，他從早上一提到那台車就停不下來。

重點釋義 本意是感謝某人的幫助和支持，這裡有作諷刺的意味，指某人已經嘮叨的夠多了，關心實在過了頭，用以提醒對方該停止這個話題了。在中文的日常對話中也常會聽到這樣反諷的說法。

◀ 一起學更多 ‧‧‧‧‧‧‧‧‧‧‧‧‧‧‧‧‧‧‧‧‧‧‧‧‧‧‧‧‧‧‧‧‧

同義	
You don't say. 是喔。	A: A lot of people are jealous about you having a fancy RV. B: **You don't say!** A: 很多人都在嫉妒你那台露營車耶。 B: 真的喔！
同義	
You're telling me! 早就知道了。	The food was terrible? **You're telling me.** 東西很難吃喔？還用你說嗎？

He thumbed your nose at me. 他不屑我。

使用時機
表示看不起別人或別人做的事情時。

情景示範

A Cassie is the last one who hasn't checked my plan.
Cassie是最後一個還沒看過我計畫的人。

B Well, she **thumbs her nose** at your plan.
恩，她並**不屑**你的計畫。

重點釋義
thumb 意思是「以拇指撥弄」，nose 意思是「鼻子」，thumb your nose at somebody 意思是「對著某人用拇指撥弄鼻子」，是一個挑釁的動作，表示對對方的藐視，說明對方根本不是自己的對手，引申為「不屑一顧」。

◀ **一起學更多** ·····················

相關	
all fingers and thumbs 搞砸事情。	Stay away from your brother, he's almost **all fingers and thumbs.** Have mercy. 別煩你弟弟了，他已經快**將事情搞砸**了。行行好吧。
相關	
Cut off your nose to spite your face. 意氣用事。	The council failed to stop his ridiculous behavior. No one can keep him from **cut off his nose to spite his face.** 議會無法阻止他荒謬的行為。沒人能阻止他的衝動行事。

He stole my thunder.
搶我鋒頭。

使用時機 對別人喧賓奪主的行為表示不滿，或形容人用言行分散大家對另一人的注意。

情境示範

A What's up with you and Kevin?
你在跟Kevin鬧什麼脾氣？

B As I held the megaphone and invite the people at the party to my new yacht, **he stole my thunder** by proposing to Cassie in front of everybody.
我拿了大聲公要邀請派對上的人來我的新遊艇的時候，他竟然就向Cassie求婚！整個**搶了我的鋒頭**。

重點釋義 英國戲劇家 John Dennis 寫了一部不紅的爛戲，但他在該劇中用振動錫片來模仿打雷，成效很好。後來劇院演莎士比亞名劇時，用此技術而大獲好評。他控訴："See how the rascals use me! They will not let my play run, and yet they steal my thunder."（看這些小人們是怎樣的利用我！他們不演我的戲劇，卻偷我雷聲。）

◀ 一起學更多 •

同義	At the award presentation, someone in the audience started playing the trumpet and **stole the march**.
He stole the march 搶走焦點。	在頒獎典禮上，觀眾席裡突然有人吹小號，把目光**焦點都搶了過去**。

同義	Both my brother and I wanted the last piece of pizza, but he **beat me to the punch** when I went to the bathroom.
He beat me to the punch 搶先一步。	我和我弟都想要最後一塊披薩，但我去上廁所的時候被他**捷足先登**。

Stop yanking my chain.
不要煩。

使用時機 覺得有人一直為無聊的小事煩你時。

情境示範

A How about going to another mall tonight?
我們今天晚上再去另外一家購物中心如何？

B **Stop yanking my chain!** We are in the third mall today. Can we just take a rest at home tonight?
不要再煩我了！我們今天已經逛了第三家購物中心了。今晚可以在家休息嗎？

重點釋義 yank 指「猛拉」的意思，chain 則指「鍊條」。請想像一條被鍊子綁住的狗，如果有人一直猛拉他的狗鍊，一定會令狗非常不爽；人也是一樣。此語指別人一直煩你，讓人覺得不耐。

◀ **一起學更多** ．．．．．．．．．．．．．．．．．．．．．．．．．．．．．

同義	
leave someone alone 別煩某人。	Even friends would like to **leave** Janet **alone** since shehas been upset by her "outstanding" colleagues again. 當珍娜又再度被她「出色的」同事惹惱時，就算是朋友也最好**別煩**她。

反義	
jerk one's chain 戲弄某人。	How ironic it is for Ray - **jerking** his brother's **chain** aspayback. 為報仇去**戲弄**他弟弟，這對雷來說是多麼諷刺。

It upset the apple cart.
打亂計畫。

使用時機 計畫被破壞或打亂。

情境示範

A I am planning to give a surprise to Maggie and ask her to marry me tonight. Can you help me?

我打算今天晚上要給Maggie一個驚喜，然後跟她求婚。你可以幫我嗎？

B I am willing to help you, but I might **upset the apple cart**.

我是很願意幫你，但是我有可能會**打亂你的計畫**。

重點釋義 upset 意思是「使心煩、顛覆、擾亂」，apple 意思是「蘋果」，cart 意思是「二輪貨運馬車」，upset the apple cart 意思是「推翻運蘋果的手推車」，引申指「搞亂（某人的）計畫、破壞任務」。

◀ 一起學更多 ··

反義	
helping hand **協助。**	I sincerely appreciate receiving a **helping hand** from such a mess. 我誠心的感謝在一團亂的情況中獲得**幫手**。

反義	
He threw me a curve. **他讓我手足無措。**	Jonathan is such a difficult person. He enjoys **throwing a curve**. 約翰森是一個很難相處的人。他總愛讓人手足無措。

Chapter **04** 討厭／生氣 Anger

Chapter 5 音檔雲端連結

因各家手機系統不同，若無法直接掃描，
仍可以至以下電腦雲端連結下載收聽。
（https://tinyurl.com/3du7sbdw）

He blew the whistle.
有人告密。

使用時機 想說某人告密、揭發壞事時。

情境示範

A Nobody outside the food company knew about their use of illegal additives in their dairy products.

除了那間食品公司以外，沒人知道他們在乳製品放非法添加物。

B Thank god one of the employees **blew the whistle** on them.

好在有個員工**揭發**了整個案件。

重點釋義 whistle 是哨子的意思，blow the whistle 便是吹響哨子之意，當俚語可解讀成為了阻止不正當的事繼續下去，而勇敢站出來揭發，用吹哨子的意象代表揭露壞事。也因此可以把揭發事件真相的人成為 whistle blower（吹口哨－吹哨人）。

◀ **一起學更多** ....

相關 **cough up** 吐出。	After a long interrogation, the police finally got the suspect to **cough up** the whole scheme. 在長時間的訊問後，警方終於讓嫌犯**吐露**整個作案計畫。
相關 **bring something to light** 曝光。	The two journalists **brought** the whole scandal **to light**. 這兩名記者讓整個醜聞**曝光**。

She is on my back.
她盯上我了。

使用時機 感覺到某人在暗處關注自己的一舉一動。

情境示範

A Ever since my mom saw the report card,
she's been **on my back** about my grades.
我媽看到我成績單後，就開始**盯**我的成績。

B Well, study harder, then.
那就認真讀書啊。

重點釋義 on 意思是「在上面」，back 意思是「後背」，on one's back 字面意思是在某人的後背上，有緊緊跟隨、監視的含義，而且是在人不容易發現的背後，想想看誰也不可能趴在別人的後背上跟著他，這裡引申的含義是「在背後盯梢、監視跟蹤」。

◀ 一起學更多 ....

相關	I let my kids talk me into keeping a dog because I didn't know the dog hair would **get on my nerves** so much.
get on one's nerves 煩人。	我被小孩說服要養狗是因為我沒想到狗毛會這麼煩人。

相關	If I punch you in the face, it's because you're **asking for it**.
ask for it 自找的。	如果我揍你的話，都是你自找的。

It happened in broad daylight. 在光天化日下發生。

使用時機 描述看到可怕的情況時，通常描述者的心情會非常驚慌失措。

情境示範

A A junkie robbed a lady **in broad daylight**, and everybody just stood there and watched.
一個毒蟲**在光天化日下**搶劫一名婦人，旁邊的人沒一個出手相助。

B I don't want to live in this city anymore.
我不想再待在這個城市了。

重點釋義 happen 是「發生」的意思，broad 為「廣闊的、開闊的」，daylight 則指「白天」，broad daylight 則指「光天化日之下」。此句話強調「光天化日」，多是因為在大白天看到壞事發生，因此對於白天發生可怕的事情感到很驚恐。

◀ 一起學更多 •••••••••••••••••••••••••

相關	I was surprised how Mickey managed to sneak out of the house **under my nose** when he was grounded.
It goes under my nose. 在眼前發生。	我很驚訝Mickey在被禁足的時候能**從我眼前溜出去**。

相關	Paparazzi are eager to get the actor's love life **in the open**.
It is in the open. 攤在陽光下。	狗仔們急著想把那位演員的感情生活**公諸於世**。

They're coming out of the woodwork.

突然冒出來。

使用時機 想要説明有件不太好的事情或人物無預警地出現時。

情境示範
A I'll get my new car this weekend.
我這個周末就要拿到新車了。

B Don't go around bragging about it. People are going to **come out of the woodwork** asking for rides.
別到處炫耀。一堆人會**冒出來**叫你載他們。

重點釋義 come out 是「跑出來」的意思，woodwork 則是指「木製品」。由於木製品裡常常會有小昆蟲棲身在裡面，因此當小昆蟲突然從家裡的木製品裡探出頭來時，會讓人感到驚訝、毫無預期，因此通常是指不好的事情突然發生、出現。

◀ 一起學更多 ∙∙∙∙∙∙∙∙∙∙∙∙∙∙∙∙∙∙∙∙∙∙∙∙∙∙∙∙∙∙∙∙∙∙∙∙∙∙

同義	
He came over out of the blue. 他突然來訪。	**Out of the blue**, my parents came knocking on my door and asked to stay for a week. 我爸媽**突然**來敲我的門，説要待一個星期。
同義	
It showed up out of nowhere. 這東西突然冒出來。	I was sitting comfortably in my couch when a large spider crawled up my chest **out of nowhere**. 我本來舒服地坐在沙發上，結果一隻大蜘蛛**突然**冒出來爬到我的胸口。

We went off on the wrong foot. 出師不利。

使用時機 把事情處理得很糟糕。

情境示範

A| I am going to ask Lily out tonight!
我今天晚上要約Lily出門！

B| Hope you will not **get off on the wrong foot**.
Good luck to you!
希望你一開始就能**給人家好印象**，祝你好運！

重點釋義 get off 有「動身」的意思，wrong 是「錯誤的」，foot
是「腳」，get off on the wrong foot 指「一下來就
邁錯了步伐」。這是指某人一開始就沒給人一個好印
象，或者一開始就由於某種行為而把事情弄糟了，有
「出師不利」的意思。

◀ 一起學更多 ·

相關	
I start off on the right foot. **有好的開始。**	It's important to **start off on the right foot** when you are first day to work. 在第一天上班能有**好的開始**是一件很重要的事。
相關	
Get your foot in the door **踏出第一步。**	As long as I **get my food in the door**, then there is no need to worry about rest of process. 只要我能夠**踏出第一步**，那麼接下來的程序就不用擔心了。

It got out of hand.
情況失控。

使用時機 描述某事件失去秩序變得混亂時。

情境示範

A The meeting **got out of hand** when one of his associates pulled a gun on me.
他的一個合夥人掏槍指著我，然後會議的**情況就失控了**。

B I'm going to call the police.
我要報警了。

重點釋義 hand 本來指「手」，也代表掌控一切的意思。而out of hand指的便是情況變得無法掌握，事情沒辦法處理、失去控制。

◀ 一起學更多 ·······························

反義	Bruce is crazy about me. I can **twist him around my little finger**.
twist around my little finger 玩弄股掌間。	Bruce很迷戀我。我可以把他**玩弄於股掌間**。

相關	We got **carried away** when my son won the presidential election.
carried away 過**high**。	我兒子選上總統那時我們整個**超high**。

Chapter
05
害怕／倒楣 Misfortune

It was neck and neck.

難分軒輊。

使用時機 很難分出高下和優劣。

情境示範

A The Presidential Candidates are running **neck and neck** in the last month is what makes us feel so excited.

在最後一個月，總統候選人們仍舊**難分軒輊**，讓人真緊張。

B Exactly. No one can predict who is going to win this election.

沒錯！沒有人能夠預測出誰能從這場選戰中勝出。

重點釋義 neck and neck 這個表達出自於跑馬比賽。在賽馬場上，馬匹憑一個頸位之差取勝可以說 the horse wins by a neck。如果說兩匹馬 neck and neck，那就是「並駕齊驅」的意思了。現在這種表達引申為指在種種激烈的競爭中雙方「勢均力敵」。

◖ **一起學更多** ....

同義： **on the par with somebody** 難分高下	At first the Ranger is **on the par with** Power team, however, at the end, Power still wins the majority. 一開始的時候Ranger跟Power難分高下，然而最後，Power還是贏得多數選票。
同義 **locked in a fight** 難分高下	Two students are **locked in a fight** during debate contest. 這兩位學生在辯論比賽中難分高下。

I can see the writing on the wall. 遇見凶兆。

使用時機 表示已經看到不祥之兆時。

情境示範

A You better finish the work before manager come back from Paris, or you will get fired.

你最好在經理從巴黎回來之前完成工作，否則你就會被炒魷魚。

B I have **seen the writing on the wall**. Would you like to give me hand?

我已經**感受到不好的預兆**了。你可以幫我個忙嗎？

重點釋義 see 為「看見」，writing 在這裡指「文字」，on the wall 為「在牆上」的意思。聖經故事中，古巴比倫國王看見神祕的手指在牆上，寫著看不懂的文字，請猶太預言家來看時，發現是「大難臨頭」之意，結果當天亡國。此語常用於新聞報導或文學讀本，指的是「凶兆」。

◀ 一起學更多 ··

相關	
off the wall 毫無根據。	His interpretation of the text was completely **off the wall**. 他對文本的解讀根本**毫無根據**。
相關	
It's a hole in the wall. 平凡的小地方、小餐館。	There's this **hole in the wall** on the edge of town that I go every now and then. 小鎮外圍有家**小餐館**我偶爾會去。

Chapter
05
害怕／倒楣 Misfortune

I have yellow streak down my back.

生性膽怯。

使用時機 要説明一個人膽小怕事時，通常是惡毒地批評別人或自我解嘲之用。

情境示範

A I am not going to take risks in the stock market.

我絕對不會在股票市場中冒險。

B You just **have a yellow streak down your back**. Have you ever heard "no pain; no gain"?

你就是那種**生性膽怯的人**。你有聽過「不勞無獲」這句話嗎？

重點釋義 yellow 雖指「黃色」，但也有「膽怯的」之意，而 streak 指「性格特徵」，因此一個人若身上有著膽小的性格，表示為人怯弱，跟顏色黃色沒有直接的關係。

◀ **一起學更多** ....

同義	This movie is identified inappropriate for **faint of heart**.
faint of heart 膽小的。	這部電影被認定為不適合**膽小**的人觀看。

反義	Freddy keeps doing thing dangerous to make people think he is a man who love **taking risks**.
take a risk 冒險。	佛萊迪持續做些危險的事好讓人覺得他是個熱愛**冒險**的人。

When it rains, it pours.
禍不單行。

使用時機 表示運氣很差，禍事不只一件時。

情境示範

A At first, I was just running in the rain.
Suddenly, I got all wet after a car passed me by.

一開始我只是在雨中跑步。突然間，一台車經過後我整個人都被潑濕了。

B **When it rains, it pours.**
這真是**禍不單行**！

重點釋義 rain 指「下雨」，pour 指「倒水」，也可以指雨下得非常大，如同用倒的一般，一如中文裡的傾盆大雨。此語表示一個人運氣很差，天氣下雨就算了，還來個傾盆大雨，兩件壞事一起來。

◀ 一起學更多 ‧‧‧‧‧‧‧‧‧‧‧‧‧‧‧‧‧‧‧‧‧‧‧‧‧‧‧‧‧‧‧‧‧

同義	
Misfortunes never come alone. 禍不單行。	I forgot to take the bread out of the freezer so I didn't have any breakfast. **Misfortunes never come alone**, and I hit traffic on my way to work. 我忘了把麵包拿出冷凍庫退冰，所以早餐沒東西吃，而人生總是**禍不單行**，所以上班路上碰到塞車。
Bad things come in threes. 禍不單行。	**Bad things really come in threes.** I slipped in the shower, spilled coffee on my laptop, and when I went out for lunch I drove into a tree. 人生總是**禍不單行**啊。我先在浴室滑倒，然後把咖啡潑到筆電上，出門吃午餐又開車去撞樹。

Chapter 05 害怕／倒楣 Misfortune

105

Chapter

6

讚美／
安慰／
拜託 Ease

Chapter 6 音檔雲端連結

因各家手機系統不同，若無法直接掃描，
仍可以至以下電腦雲端連結下載收聽。
（https://tinyurl.com/4zx7kh3k）

You're on the ball.
身手不凡。

使用時機 誇讚某人的能力高超時。

情境示範

A Stephen King had his new novel published this week.

史蒂芬・金這個星期發行他的新書耶。

B His last book was published five years ago, but I believe he is still **on the ball** as a writer.

他上次出書是五年前的事，但我覺得他應該還是個**很厲害**的作家。

重點釋義 此語來自打籃球，厲害的籃球運動員球技不凡，球場上不管球在誰手裡、不管球在場地的哪個角落，他們總能在離球不遠的地方，一有機會就可以把球搶到手，也就是 on the ball。後來引申為說某人「身手不凡、能力高超」。

◀ 一起學更多 •

反義	I am **not on the ball** today, so it would be better to find someone drive the car for me.
I'm not on the ball. 狀況反應不佳	我今天**狀況不佳**，所以最好能夠找個人幫我開車。

相關	Jack cannot finish the exam in time unless he **keeps his eye on the ball**.
Keep your eye on the ball. 專注。	除非Jack能夠**專注**，否則他不能在時間內完成考試。

Have a heart.

行行好。

使用時機 乞求別人的幫助和施捨。

情境示範

A Karen, why don't I see your report on my desk?
Karen，我怎麼沒看到你的報告？

B **Have a heart**. She's had a rough day. She was at the bank when the armed robbery took place.
你行行好，她今天已經過得很不順了。銀行被持槍歹徒搶劫的時候她也在裡面。

重點釋義 have 意思是「擁有」，heart 意思是「心臟、心」，have a heart 「有一顆心」可以理解為擁有一顆善良的心。俚語為祈使句，表示請求，在這裡有乞求的意味，意思是說您是一個善良的人，關心一下身邊需要幫助的人吧。

◀ 一起學更多 •

相關	On the same day, Karen's cat died of old age, but her boy friend **didn't have the heart** to tell her.
not have the heart to 不忍心。	Karen的貓在同一天因年老離世了，但她的男友不忍心告訴她。

相關	He really **hurt my feelings** when he said he didn't want the baby in the first place.
It hurt my feelings. 傷人。	他說他一開始就不想有小孩的時候真的傷了我的心。

Chapter 06 讚美／安慰／拜託 Ease

109

Buy me some time.
幫我爭取時間。

使用時機 想要輕微地逼迫別人幫自己爭取時間時。

情境示範

A I can't believe you're still working on your presentation. Class starts in exactly one minute!

真不敢相信你還在弄報告。再一分鐘就要上課了。

B I'm almost done. Why don't you go talk to the professor and **buy me some time**?

快好了啦。你去跟教授聊一下**幫我拖時間**。

重點釋義 buy 是購買，而 buy me some time 當然就是「替我買些時間」，想當然這也是不可能的，但是此俚語的解釋其實是希望爭取一些時間，來達到其他的目標，因此跟金錢上的購買是沒有直接關係的。

◀ 一起學更多 •

相關	
He beat me to it. 搶先。	My little brother **beat me to** the last piece of the birthday cake. 我弟**搶在我之前**把最後一塊生日蛋糕吃掉了。
It's a matter of time. 遲早。	It's only **a matter of time** before she gives up ballet. 她**遲早**會放棄跳芭蕾。

He's sharp as a tack.
真精明。

使用時機 説明人很聰明，很機靈。

情境示範

A Don't try to play the fool with politicians. They are **sharp as a tack**.

別想要戲弄那些政客，他們是**很精明**的。

B I know. My father was even set up and sent to jail because of them.

我瞭解。我父親甚至因他們陷害而入獄。

重點釋義 sharp 意思是「鋒利的」，as 意思是「像……一樣」，tack 意思是「大頭釘」。中文有句話叫做「見縫插針」，比喻盡可能利用一切可以利用的空間或時間，和這句話表達的意思很神似，説明「某人很聰明、很精明」，經驗豐富，世故老道。

◀ 一起學更多 ・・・・・・・・・・・・・・・・・・・・・・・・・・・・・・・・

同義	We need Brenda to get us out of this situation. She is the only **smart cookie** we could reach for.
a smart cookie 聰明人	我們需要布蘭達來解救我們。她是唯一能幫我們**解決問題的人**。

反義	I don't like to being harsh but you looked **awkward as a cow on a crutch** in the play.
awkward as a cow on a crutch 顯得笨拙的	我不想那麼苛薄，不過你的表演顯得**笨拙**。

It's Yeoman's service.

有用的幫助。

使用時機 表示得到大力協助，事情有所進展時。

情境示範 [A] Jerry has done **Yeoman's service** for governors.

Jerry 提供政府非常**有利的協助**。

[B] No wonder he can afford to buy a house. He must earn a lot of money from it.

難怪他可以負擔的起一棟房子，他勢必從中掙得了許多錢。

重點釋義 Yeoman 為中古世紀國王或貴族的「侍從」，service 意指「服侍」。中古世紀相當推崇對主人的忠誠，Yeoman's service因此引申為「有用的、大力的幫助」。yeoman也可能是從young man（年輕人）的音韻演變而來。

◀ **一起學更多** •

同義 a snake in sb's bosom 恩將仇報	There is **a snake in his bosom**, so we'd better be careful. 他是會對人**恩將仇報**的人，我們最好小心一點。
反義 bite the hand that feeds you 忘恩負義	I cannot believe she is the person who will **bite the hand that feeds her**. 我不相信她竟然是那種**忘恩負義**的人。

He's tough as old boots.
堅韌剛毅的。

使用時機 形容某人堅強，不容易被打垮。

情境示範

A Do you think that Tom can recover from love hurts?

你覺得Tom可以從情傷中恢復嗎？

B I think he can. He is **as tough as old boots**. He just needs somebody to accompany him.

我認為他可以的，他是**如此堅強**的人，只是需要有人能夠陪伴在他身邊。

重點釋義 tough 意思是「堅韌的、牢固的」，old 意思是「老舊的」，boot 為「靴子」，tough as old boots 意思是「像舊靴子一樣的牢固」。靴子雖然被穿舊了但是還很結實，引申為形容人堅韌和剛毅，性格堅強，不易被打垮。

◀ 一起學更多 ･･････････････････････････････

同義	
as tough as nails 有如硬漢。	As long as Samuel become **tough as nails**, those bullies will be better out of his way. 山謬一旦**硬**起來，那些混混最好別擋到他。

反義	
soft on someone 對某人寬容。	It is always her weakness being **soft on** her rabbles. 她的弱點就是總是對她的狐朋狗友們很**寬容**。

Chapter **06** 讚美／安慰／拜託 Ease

He's such a rib tickler.
真是風趣搞笑。

使用時機 指某人談吐幽默、輕鬆詼諧。

情境示範

A Tom is such a **rib tickler**. Don't you think so?
Tom真的是一位**風趣搞笑的人**,你不覺得嗎?

B I cannot agree with you more. He is
welcomed by almost every department in our
office.
我非常同意你的說法,他更是受到公司幾乎每一個部
門的歡迎。

重點釋義 rib 意思是「肋骨」,tickler 意思是「使人癢的東西或
人」,rib tickler 是「搔對方的肋骨,讓對方感到癢
而發笑」。這種搞笑方式被引申為專指「風趣搞笑的
人」,他們說話或者做事,會讓人如同被撓到肋骨一樣
禁不住哈哈大笑,讓人開心不已。

◀ **一起學更多** •

相關	I will **get my rib in my heart** for rest of my life.
Get my rib in my heart. 對老婆忠心	我一生都會**對老婆忠心**不變。

相關	This is a **rib-snorting funny**. How come I never heard that before?
rib-snorting funny 形容非常好笑	這是會讓人**笑到岔氣**的笑話,我以前怎麼會沒聽過呢?

It's lightening in a bottle.
神來之筆。

使用時機 讚嘆某件事物真是神來一筆、畫龍點睛之時。對方也會因此讚嘆感到非常開心。

情境示範

A I especially like the red balloon in the photo.
我特別喜歡照片裡的紅氣球。

B I agree. **It's lightning in a bottle**. It brightens it all up.
嗯，對啊，真是**神來之筆**，整張照片都亮起來了。

重點釋義 lightning 是「閃電」的意思，bottle則指「瓶子」。原句為trying to catch lightning in a bottle（試著將閃電裝入瓶子裡），比喻不可能得到的東西，後來引申為抓住靈光乍現的靈感，或是任何作品裡的神來一筆。

◀ **一起學更多** ・・・・・・・・・・・・・・・・・・・・・・・・・・

同義 **a stroke of genius** 神來之筆。	The way you ended your short story is such **a stroke of genius**. 你短篇故事的結尾真是**神來之筆**。
相關 **flash into one's mind** 閃過的想法。	My best ideas always **flash into my mind** when I am about to sleep. 我最厲害的點子總是在我要睡覺的時候**閃過腦海**。

Chapter 讚美／安慰／拜託 Ease

You're the apple of his eye.

你是她的寶貝。

使用時機 某人極其珍愛某人或者某物，當做珍寶來喜愛。

情境示範

A Hank is so sweet!
Hank好貼心喔！

B **You're the apple of his eye.** He'll do anything for you.
妳是他的寶貝啊。他願意為妳做任何事。

重點釋義 apple 是「蘋果」，在這裡指「珍寶」，eye 指「眼睛」。猶太人先知摩西帶領以色列人逃離埃及，歷盡千辛萬苦，最後終於進入上帝應許的樂土伽南時，他說「上帝保護他們，照顧他們，像自己的掌上明珠一般。」(He protected them and cared for them, as He would the apple of His eye.)。

◀ **一起學更多** •

反義 He's one in a million. 萬中選一。	Mark is such a brilliant designer! He's **one in a million.** Mark真是厲害的設計師。真是**萬中選一**。
反義 It's out of the ordinary 非常特別。	This painting is certainly **out of the ordinary**. I'm thinking about hanging it up in my house. 這幅畫真的**非常特別**。我考慮要把它掛在我家。

She did it with flying colors. 成績亮眼。

使用時機 表示比賽大獲全勝，或是以亮眼功績成功時。

情境示範

A My daughter won the singing contest **with flying colors**.
我女兒以**亮眼的成績**贏了歌唱比賽。

B That's awesome! Congratulate her for me.
太棒了！替我恭喜她。

重點釋義 flying指「飄揚」，而colors在這裡指「飄洋的海軍軍旗」。flying colors為航海術語，原指「迎風飄揚的旗幟」，表示船隻出戰後，沒有受到嚴重創傷而凱旋歸來，現在則用來指大勝、亮眼的成績。

◀ **一起學更多** •

同義	
blow one's own trumpet 自吹自擂。	I know she's one of the best-selling writers working today, but she doesn't have to **blow her own trumpet** like that. 我知道她是現在最暢銷的作家之一，但她也不用這樣**自吹自擂**吧。
相關	
the jewel in the crown 最亮眼。	The actress is **the jewel in the crown** of the fantastic cast. 在整個豪華的演員陣容裡**最亮眼**的就是她。

He's a walking encyclopedia.

活字典。

使用時機 想讚嘆一個人真是非常博學時。

情境示範

A Professor Luo is admirable!
羅教授真的是令人敬佩。

B I second that. He is like a **walking encyclopedia**. He knows everything about English Literature.
我也覺得。他就像是一本**活字典**，知道有關英國文學的知識。

重點釋義 walking指「行走的」，encyclopedia為「百科全書」之意。此句指人博學多聞，見多識廣，有如會移動的百科全書。不過，與成語「兩腳書櫥」不同，此句沒有說人大掉書袋的貶意，而是真心贊同其聰明才智。

◀ 一起學更多 ......

相關 **walking paper** 辭退通知。	I got my **walking papers** after being late for the 51st time. 我在遲到第51次之後**被炒**了。
同義 **renaissance man** 全才。	My grandfather is a real **renaissance man**, but he's humble about it. 我爺爺真的是**博學多才的人**，但他很謙虛。

She's quick on the trigger.
反應快的。

使用時機 應對事情的反應很迅速。

情境示範

A Patrick is always the fastest one to answer the teacher's questions.
Patrick一直都是最快回答老師問題的學生。

B He is known to be **quick on the trigger**.
大家都知道他**反應快**啊。

重點釋義 quick 意思是「快速的」，trigger 是「扳機」，quick on the trigger 字面意思是「開槍神速的」，引申為「反應快的」。美國、歐洲人民決鬥時，方法就是比看誰拔槍和開槍的速度快，這可是性命攸關的大事，反應一定要夠快。

◀ 一起學更多 ••••••••••••••••••••••••••••••••

同義	Only **quick-witted** people can win in this game.
quick-witted 反應快的。	只有**反應快**的人才能在這遊戲中獲勝。

相關	Winnie is **quick on the uptake** and adapt to our company in short time though she is just graduated from college, she
quick on the uptake 學習速度快。	雖然Winnie才剛從大學畢業，但是她**學習速度快**也很快就適應公司了。

Chapter **06** 讚美／安慰／拜託 Ease

You have unwavering loyalty. 無比忠誠。

使用時機 形容絕對地忠誠，驚人地無法撼動時。

情境示範

A I'll do my utmost and serve with **unwavering loyalty** until death in this company.
我會帶著我**不可動搖的忠誠**，在這間公司盡我最大的努力。

B You are such a flatterer. Let's see how long you will stay in this company this time.
你這個馬屁精，我要來看看你這次在這間公司可以待多久。

重點釋義 unwavering 意思是「堅定的、不動搖的」，loyalty 意思是「忠誠、忠心」，unwavering loyalty 字面很容易理解，表示「不可動搖的忠誠，無法撼動的忠心」。

◀ 一起學更多 •

同義 on the level 誠實。	I wish one day the government would be **on the level**. 我希望政府能有**開誠佈公**的一天。
反義 couldn't lie straight in bed 極度不誠實。	Helena's boyfriend extremely annoys me; he's someone who **couldn't lie straight in bed**. 我對Helena的男朋友感到非常不耐煩，他一點也不誠實。

You should vent your spleen. 發洩情緒。

使用時機 想勸勸對方該適時地發洩怨氣時，畢竟怒氣傷身體。

情境示範

A My wife always **vents her spleen** on me when she has a bad at work.
我老婆當她工作心情不好，總是**發洩情緒**在我身上。

B You need to take this problem seriously or it will lead to a condequence beyond imagination.
你需要認真的看待這問題，否則後果不堪設想。

重點釋義 vent 指「發洩（情緒）」，而spleen指的是身體內臟裡的「脾臟」，不過也可指「憤怒、怒氣」。英文中常有以內臟器官來譬喻人的性格的情形，如guts原指「腸子」，但是在口語上指的便是「膽量」。

◀ **一起學更多** ·

同義	After the argument with my wife, I really need to **let off some steam**.
I need to let off steam. 發洩	跟我老婆吵完之後，我真的需要**發洩一下**。

相關	Dad always **blows his cool**. He believes that everything turns out fine in the end.
blow one's cool 保持冷靜。	爸一直都**很冷靜**。他相信船到橋頭自然直。.

I can get behind it.
我支持。

使用時機 表達支持某人或某事時。

情境示範

A Reese is going to quit her job and take up acting.

Reese要辭掉工作去當演員了。

B That's a decision **I can get behind**. She has such great talents.

我很支持她這個決定。她很有天分。

重點釋義 get 有「支援」的意思，behind 意思是「在後面」，get behind it 是指在背後支持某人或者某事，使其向前發展或推動其發展。表達支持某人的意思。

◀ 一起學更多 •

同義	I'll always **stand by** my brother even if he doesn't appreciate it.
I'll stand by you. 支持你。	即使我弟不懂感激，我還是會支持他。

同義	She **got a big hand** from her performance in the school play.
big hand 掌聲。	她在學校話劇的演出獲得很大掌聲。

That's a good way to blow off steam.

發洩情緒的好方法。

使用時機 表達要適當發洩情緒壓力時。

情境示範

A You went to the gym? **That's a good way for you to blow off steam** after what Carl said to you.

你剛才去健身房嗎？你用這種方式**發洩**在Carl那邊**受的氣**很健康。

B I only worked out so I won't feel too guilty about all the doughnuts I'm going to eat.

我去運動只是為了等會吃一堆甜甜圈不要太有罪惡感。

重點釋義 blow 指「吹」，steam 指蒸氣。蒸氣機靠鍋爐的熱氣運作。在鍋爐內，蒸氣逐漸使壓力升高，蒸氣就從鍋爐裡的安全活門裡噴出去，減低壓力。to blow off steam 就是發洩內心的火氣。

◀ 一起學更多 ･･･････････････････････

反義 **It gets under my skin.** 煩人。	The strange noises from next door really **get under my skin**. 隔壁的怪聲讓我很煩。
反義 **He made my blood boil.** 他讓我火大。	The way the news depicts comic book fans **makes my blood boil**. 新聞表現漫畫迷形象的方式**讓我惱火**。

Chapter 06 讚美／安慰／拜託 Ease

It's hands down the best.
絕對是最好的。

使用時機 想稱讚某事物好到不行，絕世無雙時。

情境示範

A The steak was so awesome!
剛才的牛排真是好吃到炸！

B **It's hands down the best** steak in the country.
絕對是全國**最好吃的**牛排。

重點釋義 hands down 起源於賽馬，遙遙領先的騎師知道自己勝券在握，就不再勒緊韁繩，輕鬆自如地垂下雙手，跑完賽程的最後一段。hands down 指不費力地完成某事，而 hands down the best 表示某事物是最好的，其他事物根本追不上。

◀ **一起學更多** ··································

相關	
It's almost in the bag. **很有把握。**	We're still waiting for the votes to be counted, but the prize is pretty much **in the bag**. 我們還在等開票結果，但是大獎幾乎可以説是我們的了。
相關	
I go with gut feeling. **靠直覺。**	I always make purchases with my **gut feeling**. 我買東西都是靠**直覺**。

It is all water under the bridge. 事過境遷。

使用時機 想表達過去讓他過去，既往不咎的豪放情懷時。

情境示範

A Your wages are out of step with your efforts in this job.
你的薪水跟你對這份工作的付出是不成正比的。

B I should have asked for more money in the interview, but **it is all water under the bridge** now.
我當初面試時就應該要求更高的薪水，但這**都已經過去了**。

重點釋義 water 是「水」的意思，under the bridge 意指「在橋下」，而橋下的水往大海流去，其實指的就是「不用再去追溯的往事」，有事過境遷，沒有關係了的意思。此用語源於 20 世紀初，到現在還是經常使用。

◀ 一起學更多 ••••••••••••••••••••••••••

| 同義
water over the dam
事過境遷 | We used to hate each other's guts, but it's all **water over the dam** now.
我們曾經恨對方入骨，但都是**過去的事**了。 |
| 反義
bear a grudge
懷恨在心 | I've only took one of his cookies without his permission, and he's been **bearing a grudge** ever since.
我只不過有一次偷拿他的餅乾，他從那時開始就一直懷恨在心。 |

Chapter 7

命令／Command 指示

Chapter 7 音檔雲端連結

因各家手機系統不同，若無法直接掃描，
仍可以至以下電腦雲端連結下載收聽。
（https://tinyurl.com/4sv489ym）

Don't quarrel with bread and butter. 別砸自己的飯碗。

使用時機 告訴別人不要鑽牛角尖，砸自己的飯碗。帶有心疼的口氣。

情境示範

A My boss calls me an idiot whenever he sees me, so I am going to quit this job.
我老闆每次看到我都叫我笨蛋，所以我要辭職。

B If I were you, I shoudn't **quarrel with my bread and butter** for such a reason.
如果我是你，我不會因為這種原因砸自己的飯碗。

重點釋義 quarrel with 意思是與某人吵架，bread 意思是麵包，butter 意思是奶油，quarrel with bread and butter 字面翻譯過來是「和麵包奶油打架」。麵包和奶油是西方人日常生活不可或缺的食物，和生活必需品過不去，自然自己的日子也不好過，引申過來就是「與生計作對」的意思。

◀ **一起學更多** ••••••••••••••••••••••••••••••

相關 **someone's bread and butter** 基本開銷	It will be pleased if you are willing to support orphan's **bread and butter** by donating some money. 如果你願意捐助一些錢支持孤兒的生計會是令人高興的一件事。
相關 **white bread** 無聊的東西。	I had a **white bread** vacation. Because I go t a fever, the only thing I can do was stay at home. 我的假期無趣又平庸，因為我發燒了，唯一能做的就是待在家裡。

Stop beating around the bush. 別拐彎抹角。

使用時機 說話不能直接切中主題，支支吾吾。

情境示範

A What do you think about Lara? I haven't met such a pretty and smart girl before.
你覺得Lara怎麼樣？ 我沒遇過像她這麼聰明又美麗的女孩。

B **Stop beating around the bush!** You can just say that you like her so much!
不要再拐彎抹角了，你大可直接說你非常喜歡她！

重點釋義 獵人打獵時，常為了逼出藏身在灌木叢裏的獵物，經常用棍子擊打灌木叢（beat the bushes），而 around the bush 的意思就是說沒有打中要害，而是在灌木叢周邊敲打，這樣是不會讓獵物現身的。引申意思為「說話或做事拐彎抹角、繞圈子」，不直截了當的表達。

◀ 一起學更多 ·

同義	I'll **come to the point** that our company is on the verge of bankruptcy.
come to the point 直接了當說明	我就**直接了當**說了我們的公司正瀕臨破產。

同義	Please do not **speak in a roundabout way**, or I don't think we will have chance to cooperate with each other.
speaking in a roundabout way 拐彎抹角說話	請不要**拐彎抹角的說話**，否則我想我們沒有任何的合作機會。

Chapter **07** 命令／指示 Command

Go show him the ropes.
教人辦事規則。

使用時機 教導新手做某件事情。

情境示範

A It is important for a company to learn how to educate a new person in an effective way.

如何去有效的訓練一個新人對一間公司來說是很重要的一件事。

B Yes, instead of helping people to do everything they need to learn, we better **show them the ropes**.

是阿,與其幫助他們完成所有需要學的事情,不如**教他們辦事規則**。

重點釋義 show 意思是「展示、說明」,rope 是「繩子」,show someone the ropes 意思是「向某人展示繩子的用法」。新水手第一件要學的事情就是操控繩子,後來這句話便用來表示「指導新手做事情」的意思。

◀ 一起學更多 ‧‧‧‧‧‧‧‧‧‧‧‧‧‧‧‧‧‧‧‧‧‧‧‧‧‧

相關	
at the end of one's rope. 忍耐的極限	Stop pushing her. Although she never says no, she's already **at the end of her rope**. 別再逼她了。雖然他從沒說不,但她早已到**忍耐的極限**了。
That's show business. 這就是人生	Now Chris gets twice payment than his classmates but annoys by his picky boss. **That's show business**. 如今克里斯擁有他同學雙倍的薪水以及煩得要死的挑剔上司。**這就是人生**。

Heads up!

注意！

使用時機 要人保持警覺時。

情境示範

A **Heads up!** The boss is coming in any second now.

注意！老闆隨時要進來了。

B Make sure the candles don't go out.

別讓蠟燭熄掉了。

重點釋義 head 的中文直譯為「頭」，heads up 指的就是要人抬起頭來，提高警覺，左右看看，有事情要注意了！

◀ 一起學更多 ·····································

同義	
Watch it! 小心啦！	**Watch it!** You almost fell into the pool. 小心一點啦！你差點掉進游泳池裡。

同義	
Look out! 小心。	**Look out!** Here comes a truck. 小心！有卡車來了。

Chapter **07** 命令／指示 Command

Heads will roll.

有人要遭殃了。

使用時機 預先知道某人要有不好的事情發生。

情境示範

A It's only 2 weeks before the movie opens.
再兩個星期電影就要上映了。

B Yeah. If the visual effects team doesn't complete their job by then, **heads will roll**.
對啊，如果到時特效團隊還交不出成品，就有人**要遭殃**了。

重點釋義 head 意思是「頭」，roll 意思是「滾動」。腦袋只有掉下來了才會滾動，這裡說的是腦袋都要搬家了，真是要出大事了。這個說法說明事情的嚴重性。

◀ 一起學更多 ·

同義	
Shit hits the fan 大事不妙。	Just when everyone thought things were coming smoothly, news broke out that a fire destroyed the lab computers, and **shit hit the fan**. 當大家都以為事情進行得很順利時，傳出了實驗室的電腦被一場火燒毀了的消息。**麻煩大了**。
The balloon goes up. 大事不妙。	I knew **the balloon went up** this morning when I saw my picture on the news. 我早上看到我的照片上新聞就知道**大事不妙**了。

I did it to get back at her.

報復。

使用時機 對某人曾經的行為耿耿於懷，伺機給予打擊。

情境示範

A Pam poured coffee on my new dress, so I put whiskey in her coffee to **get back at her**.
Pam把咖啡潑到我的新洋裝上，所以我在她的咖啡裡加酒來**報復**。

B You two really hate each other, don't you?
你們真的痛恨對方耶。

重點釋義 get back 意思是「回來、重新」的意思，get back at someone 意思是「使⋯⋯回來在某人身上」，引申意思就是報復某人，因為曾經的過節找到機會報復在某人身上，使某人對自己曾經造成的損失或傷害，也回應到對方身上。

◀ 一起學更多 ‧‧‧‧‧‧‧‧‧‧‧‧‧‧‧‧‧‧‧‧‧‧‧‧‧‧‧‧‧‧‧‧‧‧‧‧

同義	
get even 報復。	My brother gave my real report card to Mom, so I hid his MP3 player to **get even**. 我弟把我真的成績單給媽看，所以我把他的MP3隨身聽藏起來當作**報復**。

同義	
pay back 報復。	One day I will **pay back** for all my cookies he ate. 我總有一天要**報復**他偷吃我的餅乾。

Chapter 07 命令／指示 Command

I'm the one who calls the shots. 我做主。

使用時機 要說明有人掌管一切時。

情境示範

A Are you sure you don't want to come to the concert with us?

你真的不跟我們去演唱會嗎？

B No, I'm going to the movies with my wife. Back at home, she's **the one who calls the shots**.

不了，我要跟我老婆去看電影。家裡都是她在**作主**。

重點釋義 call the shot（下令開槍）的出處為二戰期間，為軍官下令部隊開槍作戰的用語，但是現在已經成為發號施令、在某件事情上作主的習慣用語，多用於公司、職場上。

◀ **一起學更多** •

同義 **run the show** 作主。	With the turmoil on the managerial level, we don't know who's **running the show** anymore. 管理階層現在一團亂，我們都不知道公司是誰在管了。
相關 **have the final word** 有最後決定權。	This time I'll **have the final word** on what movie we'll see. 這次由我**決定**要看哪部電影。

Never bite the hand that feeds you. 不可忘恩負義的。

使用時機 不能辜負別人的恩情和幫助。

情境示範

A Without your kindly note, I wouldn't pass the final exam.

要不是沒有你慷慨借我筆記, 我是不會通過期末考的。

B It's not a big deal. I know you are the one who will **never bite the hand that feeds you**, so it's your treat tonight for dinner!

這也沒甚麼啦！我知道你**不是會忘恩負義**的人，所以今天晚餐就給你請囉！

重點釋義 bite 意思是「咬」，hand 意思是「手」，feed 有「餵養、供給」的意思。never bite the hand that feeds you 這個俚語從字面就非常容易理解，意思是不要咬那雙餵養你的手，引申為「不要忘恩負義、恩將仇報」。

◀ **一起學更多** ∙∙∙∙∙∙∙∙∙∙∙∙∙∙∙∙∙∙∙∙∙∙∙∙∙∙∙∙∙∙∙∙∙∙∙∙

同義	
She has a snake in her bosom. 恩將仇報的人。	There is **a snake in his bosom**, so we better be careful. 他是會對人**恩將仇報**的人, 我們最好小心一點。

反義	
bite the hand that feeds you 忘恩負義	I cannot believe she is the person who will **bite the hand that feeds her**. 我不相信她竟然是那種**忘恩負義**的人。

Never ride with the tide.
思想容易被大眾影響，隨波逐流。

使用時機 期許自己和他人都能夠勇敢地隨著自己的意見生活。

情境示範

A I will not follow my parents suggestion to study in the department of medicine.
我不會依我父母的意見去讀醫學系。

B Good for you. It takes courage **not to ride with the tide**.
跳脫社會的潮流是需要勇氣的 。

重點釋義 ride 多指「騎乘」，但在這裡有「漂浮」的意思，tide 則指「潮流」。ride with the tide 就是指隨著潮流浮浮沉沉，接受主流價值觀並隨之起伏。never ride with the tide 是要人不可以沒有主見。

◀ 一起學更多 •

反義	He will be **going against the tide** and open his own business at the most competitive spot.
go against the tide. 逆勢而行。	他將會**逆勢而行**，在最競爭的地區開始他的新事業。

相關	My girlfriend is **serving the crimson tide** so she is not going out to the beach with us.
serve the crimson tide. 月經來潮。	我女友正在**月事當中**，所以她不會跟我們一起到海邊。

No dice.
不可能。

使用時機 斷然拒絕別人的要求，堅決不同意別人的意見。

情境示範

A May I borrow your cigarette?
可以跟你借根菸嗎？

B **No dice!** But I would like to lend you some Nicorette to help you quit smoking.
不可能！ 但我願意借你尼古清幫助你戒菸。

重點釋義 dice 指「骰子」。指要有骰子在手，就至少有六分之一的機會能成功。然而，no dice 顯然連試一試的機會都沒有，不讓成功有一丁點的機會可以發生。也是指讓人沒有說話空間的完全拒絕，不容置疑。

◀ **一起學更多** ････････････････････････････

同義	
No way. 不可能。	It's **no way** to lend you anymore money after you owe me half million without returning a penny. 在你欠我50萬元而且沒還一毛錢的情況下，我是**不可能**再借你錢的。
No chance in hell. 不可能。	After this homerun, the Red team has **no chance in hell** to win the game. 在這支全壘打之後，紅隊已經**不可能**贏得這場比賽。

Chapter 07 命令／指示 Command

No ifs or buts.
沒有任何理由跟藉口。

使用時機 不聽任何的解釋和理由，極其嚴格要求的口吻。

情境示範

A My mom always shouts at me like "Go to take shower! **No ifs or buts!**"
我媽總是對我吼說「給我去洗澡！ **沒有任何理由！**」

B Me too! Mom can never understand taking shower is time-wasting thing to do for us.
我也是！ 媽媽永遠都不會了解，洗澡對我們來說，是一件很浪費時間的事。

重點釋義 if 意思是「如果」，but 意思是「但是」，表示不給出任何不確定和有顧慮的結果。語氣表達很強烈，要求必須無條件服從。

◀ **一起學更多** ·

同義 **no excuse.** 沒有藉口。	There is **no excuse** for you to finish your homework before get on bed. 你**沒有藉口**不在上床前完成你的功課。
相關 **for sure.** 非常篤定	She will leave Taiwan in a month **for sure**. 他會在一個月內離開台灣是很**確定**的。

Paddle your own canoe.

獨立點。

使用時機 評價某人獨立堅強。

情境示範

A Sally depends on her parents' help, so she doesn't have to have a part-time job.
Sally 生活都可以靠她爸媽,所以她不用做兼職工作。

B But I hope she can **paddle her own canoe** after gradauting from college.
但我希望她大學畢業後能夠**獨立**一點。

重點釋義 canoe 最早指的是樹幹挖空了心製成的木船,paddle 是一種形狀短寬的槳。paddle one's own canoe 指「划自己的船」,有自立、不依賴別人的意思,另外還有不多管別人閒事的意思。表示後一種意思的時候相當於 mind one's own business。

◀ **一起學更多** •

同義	
fend for yourself 獨立照顧自己	As long as you get used to in this city, then you can **fend for yourself**. 等到你可以適應這個城市,你就可以**自己照顧自己**了。

同義	
I ride on my own melt. 執意做事	No matter what, I decided to go to work and travel for two years. I simply **ride on my own melt**. 不論如何,我決定要去打工旅遊兩年,我想要**做自己想做的事**。

Chapter **07** 命令／指示 Command

139

Put a sock in it.
安靜。

使用時機 覺得非常煩躁，要人住嘴時。

情境示範

A **Put a sock in it!** I need to concentrate on my work.
安靜！我必須要專注在工作上。

B Alright! I'll get out of your sight now.
好吧！我會立刻離開你的視線。

重點釋義 put 是「放置」，sock 是「襪子」。put a sock in it 其實就是在人覺得很吵的時候，把襪子放到製造噪音的地方，好止住聲音來源，通常不知道噪音來源在哪裡。不過，此句話現在就是叫人閉嘴的意思，所以噪音來源可說是人嘴，因此是個不太禮貌的說詞。

◀ 一起學更多 ••••••••••••••••••••••••••••••••

相關 **sock it away** 藏在祕密的地方。	I've been **socking a little money away** for my vacation for months. 我已經為旅遊**存私房錢**存很久了。
相關 **knock one's sock off** 讓人驚艷。	The new layout of the magazine is so splendid that it **knocks my socks off**. 這個雜誌的新版型真是華麗，**令我驚豔**！

She's angling for it.
誘人上鉤。

使用時機 表示一個人用小心機達成自己的目的時，多指對方有壞的念頭時。

情境示範

|A| Mommy, I drew you a fish!
媽咪，我畫了一條魚送你！

|B| You have been drawing me pictures of fish for the past week. You're **angling for** my permission to get a fish.
你整個禮拜都在畫魚給我，你想讓我給你養魚。

重點釋義 angle 的名詞為常見的「角度」，但這裡採動詞解，是「釣魚」的意思，而 angle 則是計畫要做某件事，或為某事佈局，好達成自己的願望。

◀ 一起學更多 ·

同義 fish for 誘人上鉤。	She always says she's fat to **fish for** compliments. 她都一直說自己胖來引誘別人稱讚她。
相關 fish out 翻找出來。	I have to **fish** my car keys **out** of the big drawer of useless little things. 我必須從裝滿沒用小物的抽屜裡把車鑰匙翻出來。

Shut your face.

給我閉嘴。

使用時機 可在盛怒到爆，旁邊的人又一直碎碎唸唸不停，整個很暴怒時這麼說。

情境示範

A You shouldn't have done that in public to me. I am hurt and that was rude. And People were all watching. And...

你不該在大庭廣眾下那樣做的，我很受傷，而且那樣很沒禮貌，大家又都在看，而且……

B **Shut your face**. You don't want to know how I feel?

給我閉嘴。你都不想知道我的感覺嗎？

重點釋義 shut 是「閉上、關上」的意思，face 的中文為「臉」。有別於一般常聽見的 shut up、shut your mouth（閉嘴），這句話是凶猛100倍要人住嘴的說法，其實相當粗魯，使用時務必小心。

◀ 一起學更多 ‧‧‧‧‧‧‧‧‧‧‧‧‧‧‧‧‧‧‧‧‧‧‧‧‧‧‧‧‧‧

相關 **Shut your neck.** **請不要再講話了。**	**Shut your neck**. I just want to be quiet while reading. 別再說話了。我只希望可以安安靜靜地讀書。
相關 **Shut your cake hole** **閉嘴。**	Just **shut your pie hole**. 閉上你的嘴。

Stop the vicious circle.
惡性循環。

使用時機 表示想要停止在同樣的壞狀況中打轉時。

情境示範

A I got colds again and again. I am sick of being sick!
我一直感冒，我厭倦自己一直感冒。

B Regular exercise can release you from that **vicious circle**.
規律的運動可以幫你破除**惡性循環**啊。

重點釋義 vicious 指「惡性的」，circle 則是指「圓圈」，這裡也可以指「循環」。有人會將惡性循環說成 vicious cycle（循環），也是通用的說法。

◀ 一起學更多 ·

反義	
benign cycle 良性循環	Why don't you go to bed earlier and get up earlier to start a **benign circle**? 你要不要早點睡早點起來，建立**良性循環**。

相關	
vicious mouthpiece 說話有份量	He made it to where he is with his **vicious mouth piece**. 他有今天的地位就是因為**講話有份量**。

Chapter 07 命令／指示 Command

143

Walk a mile in my shoes.
站在別人的角度。

使用時機 要人設身處地替人想，不可以太武斷專橫時。

情境示範

A Owen is stupid to give up the chance of studying abroad.
Owen放棄出國留學的機會，是很愚蠢的。

B We should **walk a mile in his shoes**. He must have some reason for it.
我們應該要**站在他的角度想**，他這樣做一定是有原因的。

重點釋義 walk 指「走路」，mile 是長度單位的「哩」，一哩（mile）=1609.344 公尺，shoes 則是「鞋子」。英語中常見以 shoes 當作自己處境、立場的代表，所以 walk in one's shoes 都指「替人設想」，而這裡的數字 a mile 就是把此片語具體化。

◀ 一起學更多 •

同義	Before you blame her for being late, **put yourself in her shoes**.
You should put yourself in my shoes. 站在別人的角度想。	你在罵她遲到之前，先**站在她的角度想想**。

同義	If you **put yourself in his place**, you wouldn't doubt his decision.
Put yourself in my place。 站在別人的角度想。	你**站在他的立場想**的話就不會質疑他的決定。

Watch your back.

小心。

使用時機 提醒某人要注意某事。

情境示範

A I heard you grew up in the inner city. Things were rough, weren't they?
聽説你小時候住在舊城區。那邊環境很複雜對吧？

B Yeah, it's a place where you have to always **watch your back.**
是啊。在那裡隨時都要**小心**周遭的危險。

重點釋義 watch 意思是「觀察、注視」，back 意思是「後背」，watch your back 字面意思是「看你的後背」，其實意思是注意某人或者某事會對某人產生不利或傷害，要小心那些在你背後看不見的地方會出現的問題。

◀ 一起學更多 ・・・・・・・・・・・・・・・・・・・・・・・・・

相關	Gina just lost her job, so **watch your step.**
Watch your step. 小心舉止。	Gina剛丟掉工作，所以你**別亂説話**。

相關	In the end he decided to **play it safe** and not propose to her so quickly.
Play it safe. 保險一點。	最後他決定**保險一點**，不要這麼快向她求婚。

Chapter 07 命令／指示 Command

You have to be on the ball.
隨時提高警覺。

使用時機 要人非常小心，一出差錯就會有嚴重後果時。

情境示範

A When you're out of the house with your little sister, I want you to be **on the ball** all the time. Don't let her wander off.
你跟你妹在外面玩的時候你要**隨時注意**，別讓她走太遠。

B No problem, Dad.
沒問題啦，老爸。

重點釋義

ball在此指的不是一般的「球」，而是在格林威治皇家時間觀測台上的「計時球」。由於時間需要精確的紀錄和耐心，因此在此工作的職員們，都要非常警覺，也因此on the ball引申為警覺的意思。不過，on the ball的來源眾說紛紜，格林威治球的說法也只是其中一種而已。

一起學更多

同義
on the lookout
當心。

You need to be **on the look out** for the weather when you're out in the mountains.
在山中活動一定要隨時**注意**天氣。

相關
quick on the draw
反應快。

We need someone who's **quick on the draw** for the press conference.
我們需要**反應快**的人去開記者會。

You have to draw the line.
要有個限度。

使用時機 要做正確的事情、跟壞事有所區隔時可以這麼説。

情境示範

A You can't play video games all weekend. I'm **drawing the line** at 2 hours a day.

你不能整個周末都在打電動。我**最多讓你一天打**兩小時。

B Can I at least clear this level, please?

可不可以讓我先破這關？

重點釋義 draw是「描繪」的意思，而line是「線」的意思。此句意思是事情領域間該有分界，或是行為舉止應該要有規範。通常要劃界線（draw the line），表示自己想要遠離壞事，要保自身清明。

◀ 一起學更多 ••••••••••••••••••••••••••••••••

相關	
tighten the reins 約束。	She's **tightening the reins** on her son's spending by giving him less money. 她用少給零用錢來**約束**她兒子的花費。

相關	
hold the reins 掌控。	With the former chef gone, I now **hold the reins** in the kitchen. 原來的主廚離開後，廚房**歸我管**。

Chapter 07 命令／指示 Command

You need to take a leap of faith. 你需要孤注一擲。

使用時機 想要鼓勵信心不足的勇者向前行時。

情境示範

A I really don't know if I should take the offer and go to England.

我真不知道到底該不該去英國接這個工作。

B Sometimes you just have to **take a leap of faith**.

有時候人就是要**孤注一擲**。

重點釋義 leap 指「高高地跳躍」，而 faith 是「信念」之意。敢於跳這一個leap of faith 的人，就是明知後果嚴重、嚇人，卻爭著小小的成功機會勇敢向前、孤注一擲的人，頗有明知山有虎，偏向虎山行的氣勢，因為要得虎子，必入虎穴。可說是勇者的行為。

◀ 一起學更多 ⋯⋯⋯⋯⋯⋯⋯⋯⋯⋯⋯⋯⋯⋯⋯

相關 **Give it a shot.** **試看看。**	After long consideration, she finally decided **to give it a shot**. 在深思熟慮後，她終於決定**嘗試**。
相關 **Give a shot at it.** **試看看。**	Adam's had a crush on the girl for a long time. He should at least **give a shot** at asking her out. Adam喜歡那個女生已經很久了。他也**該**至少**試**著約她看看嘛。

You should roll the dice.
賭一把。

使用時機 對某事沒有100%把握，只能抱著賭一賭的心態。

情境示範

[A] I am going to **roll the dice** and invest at least
$1,000,000 in the real estate market.
我決定**賭一下**，將至少一千萬元投入房地產市場。

[B] You better not put all your eggs in one
basket.
你最好別將雞蛋擺在同一個籃子裡。

重點釋義 roll 意思是「滾動」，dice 是「骰子」，roll the dice
就是「擲骰子」。在賭局中通常用擲出的骰子的點數大
小，來決定輸贏，是一種很憑運氣決定輸贏的賭博方
式，日常口語中表示「賭一賭、冒險嘗試一下」的意
思，一般指沒有把握，完全聽天由命的嘗試。

◀ 一起學更多 •

相關	
take the shot in the dark 猜測答案。	I know you are in the bar by **taking the shot in the dark**. 我只是剛好猜到你會在酒吧裡。

相關	
run the risk of doing something 明知不可為而冒險一博。	By letting my boy to ride motorcycle, we **run the risk** that he will have accident. 我們冒著孩子出意外的**險**同意他騎機車。

Chapter **07** 命令／指示 Command

You should stake a claim
for it. 別忘了你是老大。

使用時機 要求堅持原來的事物或觀點意見。

情境示範 |A| There are several pieces of pizza left in the kitchen. Do you want some?

廚房裡還有一些多餘的pizza。你還要吃嗎？

|B| Ken has **staked a claim for** the pizzas and he wants to have it for dinner if you don't mind.

如果你不介意的話，Ken已經**說他要保留**那些pizza，當作他的晚餐了。

重點釋義 stake 意思是「把……繫在樁上、支持」，claim 意思是「聲稱所有權」，stake a claim for it 意思是指「堅持對……的所有權，聲稱對某物的所有權」，表達堅決的態度。

◀ 一起學更多 ‧‧‧‧‧‧‧‧‧‧‧‧‧‧‧‧‧‧‧‧‧‧‧‧‧‧‧‧

相關 pull up stakes 離開久待之處。	The family seems optimistic for **pulling up stakes**. 這個家庭對此次**遷移**保持樂觀態度。
相關 claim a life 奪取生命。	Four passengers' **lives were claimed** and over ten injured people were found from the railway accident. 這次鐵路事故造成四人**死亡**及十多人受傷。

Your sin will find you out.

你會受制裁。

使用時機 想表示法網恢恢、疏而不漏,沒有任何事躲得過天理制裁的意思。

情境示範

A I will not give myself up to the police.
我不會跟警方自首的。

B I am sure **your sins will find you out.**You
will be sorry at that time.
法網恢恢,到時你就會後悔。

重點釋義 sin 指的是「罪」,find out 則是「找到」的意思。此句出自聖經,意思是説做了壞事後,自身的罪惡或是良心會讓壞事傳千里,再怎麼逃避也是沒用的,因為罪惡(sin)就在人身上。

◀ 一起學更多 ・・・・・・・・・・・・・・・・・・・・・・・・・・

相關	Congratulations! **You get what you deserve** and raised to the position of manager.
You get what you deserve. 相對的回報。	恭喜!你得到**相對的回報**,並升遷到經理的位置。

反義	We should be aware of pollution issue for the reason that **bad thing never dies** and it will affect the people of next generations.
bad thing never dies 禍害遺千年。	我們應該要對污染議題有警覺性,因為**禍害遺千年**,更會影響到下一代的人們。

Chapter 07 命令／指示 Command

You'll be out on a limb.
獨自面對風險。

使用時機 事不關己地警告對方時，有點令人不悅。

情境示範

A If you keep throwing away your savings like that, you'll soon be **out on a limb**.
像你這樣揮霍積蓄是在**冒很大的險**。

B You're right. I'll talk to Sharon about her spending.
你說的對。我會跟Sharon討論一下她的花錢習慣。

重點釋義 limb 的意思是人的肢體或是樹幹。此句可追溯至18世紀末，當時在森林裡打獵是再平常不過的事情了。指當動物攀上樹枝，容易成為射擊的目標，也因此演變為表示某人做了招惹麻煩、做了有風險的事。

◀ **一起學更多** ....

相關 a long shot 大賭注。	Since all else has failed, we have to take this **long shot**. 其他的方法都失敗了，所以我們只能賭這**把**了。
相關 a shot in the dark 瞎猜。	I barely know her, so if you make me guess what she likes, I can only give you a **shot in the dark**. 我跟她不熟，所以你問我她喜歡什麼的話，我只能**瞎猜**。

You zigged before you zagged. 本末倒置。

使用時機 批評做事方法不對，順序搞錯，本末倒置時。

情就示範

A This project is still pending for the reason I don't know.

這個計畫不知道為何，一直尚未解決。

B Let me tell you it's because you **zigged before you zagged**!

讓我告訴你：是因為你做事**本末倒置**了！

重點釋義 zig 與 zag 是要進行 Z 字型轉彎時的動詞。轉彎時先 zig 再 zag 的話，表示順序錯誤，路線無法正確進行，當然無法得到想要的結果。因此引申為順序錯誤，本末倒置。

◀ 一起學更多 •

相關	
count one's chickens before they hatch 不切實際的妄想。	Dianna is talking about her ideal marriage life before she has a fiancée again. Could anyone stop her from **counting her eggs before they hatch**? 黛安娜又在八字都沒一撇時談論她理想的婚姻生活了。有人來阻止她這**不切實際的妄想**嗎？
相關	
You run before you can walk. 做超出能力所及的事。	Being a normal person like you will fall if you **run before you can walk**. 像你如此平庸的人要做**超出能力所及的事**時肯定會失敗的。

Chapter 07 命令／指示 Command

Zero in on it.
瞄準。

使用時機 表示把目光、焦點都集中在某一點時。

情境示範

A All the cameras **zeroed in** on the prince and princess when they showed up.

當王子跟公主出現時，所有的攝影機都**對準**了他們。

B They are made for each other. When can I meet the one?

他們真的是天生一對。我甚麼時候才可以遇見對的人呢？

重點釋義 zero是「零」的意思，但是zero in on則是「瞄準」之意，表示將焦點專注放於某物之上。此用語源於1950年左右，不分領域，從戰爭領域到娛樂圈，都可以用此語描述。

◀ **一起學更多** ••••••••••••••••••••••••••••••••

同義	My father decided to **throw himself into** traveling around the world after his retirement.
throw oneself into something 將自身投入於事物。	我爸爸決定在退休之後**投入於**環遊世界。

反義	Obviously Anna hasn't recover from the past. She still **gives** the admirers **the cold shoulder**.
He gave me the cold shoulder. 對人冷漠。	顯然安娜還未揮別過去的傷痛。她仍然**對**追求者們**冷漠**。

Zip your lip.

給我保密。

使用時機 想要人絕對要保守祕密時。

情境示範

A To discuss your wages with the others is prohibited in our company.

在我們公司跟別人討論薪水是被禁止的。

B Thank you for reminding me about this. I will **zip my lip** about it.!

謝謝你提醒我這點,我會**保密**的!

重點釋義 zip為的名詞為「拉鍊」,此作動詞「拉上拉鍊」解,lip指「嘴唇」。如果要人「嘴巴如拉鍊般拉上」,就是要人保守祕密,遇到有人詢問時,記得要將嘴上的拉鍊拉起來,不可洩密。

◀ **一起學更多** . . . .

相關	The scandal was revealed eventually after so **swept under the rug** for many decades.
Sweep it under the rug. 隱藏事情。	醜聞在經過多年的**隱瞞掩蓋**後仍然遭人揭發。

相關	Shawn didn't come to school after the party last weekend. Some **back-fence gossips** had also spread widely on campus.
back-fence gossip 閒言閒語。	尚恩在上星期派對之後就沒來學校了。有些**閒言閒語**也在校園內大肆流傳著。

Chapter

8

挖苦

Sarcasm

Chapter 8 音檔雲端連結

因各家手機系統不同，若無法直接掃描，
仍可以至以下電腦雲端連結下載收聽。
（https://tinyurl.com/2y9d8fu3）

I beg to differ.

我不認為。

使用時機 想默默卻堅定地説出自己的反對論點時。

情境示範 　A　This is definitely one of the best movies ever made!

這絕對是史上最棒的電影之一！

　B　**I beg to differ**. All you see is CGI. Doesn't story matter to you?

我不同意。裡面根本只有電腦動畫。你都不看情節的嗎？

重點釋義 beg 意思為「乞求」，differ 為「相異」，而説 beg to differ表示有不同的意見。看這句的的用字，可以看出本來應該是很正式的用語，如：我恐怕必須與你意見相左，但現在則用於相熟的朋友、非正式的對話中。

◀ **一起學更多** ·······························

同義 **out of tune** 不同調。	His beliefs have long been **out of tune** with the church. 他的理念長久來都和教會不同調。
相關 **agree to disagree** 同意對方有不同意見。	After several hours, their argument about whether the movie is a documentary or a work of fiction, they finally **agreed to disagree**. 在花了數小時爭論那部電影是紀錄片還是虛構之後，他們終於**同意讓對方有不同意見**。

Talk a blue streak.

說話像連珠炮一樣。

使用時機 說話不間斷，一氣呵成。

情境示範

A What kind of girlfriend would you definitely break up with?

哪一種女孩是你一定會跟她分手的？

B A girl who **talks a blue streak**. I will definitely grab a pair of ear plugs and say goodbye to her.

不停說話的女人，我絕對會戴起耳塞，跟她說再見。

重點釋義 talk 意思是「說話」，blue 是「藍色的」，streak 意思是「條紋」，a blue streak 意思是藍色的條紋，指「一閃而過的東西」，因為速度太快，看起來就只是一個條紋而已了，也表示「連珠炮似的話」，talk a blue streak 意思就是「說話像連珠炮一樣」，讓人應接不暇。

◀ **一起學更多** ·

相關	
She talks till you're blue in the face 爭論到臉色發青。	Never discover political issues to chat with a stranger unless you need to talk till you're **blue in the face**. 絕不要將政治話題帶入與陌生人的聊天中，除非你想**爭論到臉色發青**。

相關	
talk one's ear off 喋喋不休。	Linda says after her parents had divorce, her father was trying to be her mother in the same time, which includes **talking Linda's ear off**. 琳達說在她父母離婚後她的父親也試著父兼母職，如她母親一般**喋喋不休**。

They're the fat cats.
他們是富貴人家。

使用時機 説某人家庭富裕，同時帶有閒散懶惰的感覺時。

情境示範

A I own a high-end store that makes money off of the **fat cats** from suburbia.
我開一間專從住郊區的**有錢人**身上揩油的精品店。

B Business must be thriving.
生意一定很好吧。

重點釋義 fat 意思是「肥胖的」，cat 意思是「貓」，the fat cat 指「肥胖的貓」，富貴人家裡都有養貓的習慣，而且貓咪都像加菲貓那樣被養得肥肥的，閒散又很懶惰，後來就以肥貓來比喻富貴人家。

◀ 一起學更多 •

同義	He lives in an actual mansion! I wonder
filthy rich 超有錢。	how he got so **filthy rich**. 他住在真正的豪宅裡耶！他**這麼多錢**是從哪來的啊？

同義	She won the lottery and is now literally
rolling in money 超有錢。	**rolling in money**. 她中了樂透，所以現在真的**在錢堆裡打滾**。

The place is full of flotsam and jetsam.

到處都是廢物。

使用時機 想有點無禮地批評雜亂無章、用不到的東西太多時。

情境示範

A Before I moved in, the apartment was **full of flotsam and jetsam**. You're a real hoarder.
我搬進來之前我們的公寓裝滿了**一堆廢物**。都因為你捨不得丟。

B That's why I'm never going to let you leave.
所以我永遠不要讓你離開。

重點釋義 flotsam 指飄浮在海上的船隻殘骸或貨物，其中的flot是flotage的字根，意指漂浮；jetsam 是為了減輕船身重量，而拋下海的設備或貨物。flotsam and jetsam 有殘渣、廢棄物的意思。

◀ 一起學更多 ··

同義	I found a VHS player as I went through the **odds and ends** in the basement.
odds and ends 雜物。	我在地下室翻**雜物**的時候發現了一台卡帶錄放影機。

同義	I still need a bit more time to **pull things together** in the house before your parent's visit.
pull things together 整理。	我在你父母親來訪之前還需要一點時間**整理**房子。

Chapter 08 挖苦 Sarcasm

You get what you pay for.
便宜沒好貨。

使用時機 挖苦別人想要買好東西，卻又吝於付錢時。

情境示範

A The TV I bought from flee market last week is broken. Now I have to pay twice the price of it in order to have it repaired.

我上星期從跳蚤市場買得電視壞掉了，現在我必須要花兩倍的錢去修電視。

B **You get what you pay for**.
一分錢一分貨囉。

重點釋義 get 指「得到」，而 pay 指「付帳」。此句意思是「花多少錢，就得到什麼樣的東西」，通常以嘲弄口吻，表示有人花少少的錢想買到高級品，結果還是因為價位的關係，得到爛貨一個。

◀ 一起學更多 ・・・・・・・・・・・・・・・・・・・・・・・・・・・・

相關	Next time you should go shopping with your mom, otherwise you may **pay though the nose** like me.
pay through the nose 花了冤枉錢。	下次你該跟你媽一起去逛街，不然你會像我一樣花冤枉錢。

相關	Grace skipped her class too often, she's going to **pay the piper** when the semester ends.
pay the piper 承擔後果。	葛蕾斯頻繁的缺席，學期末時她將會承擔後果。

It's there gathering dust.
放在那邊積灰塵。

使用時機 表示東西沒有用處了。

情境示範

A I have so many dolls **gathering dust** in the corner of my room.

我房間的角落，放了一堆娃娃在**積灰塵**。

B Why don't you give them away or something?

你怎麼不把它們送人之類的？

重點釋義 gather 指「聚集」，dust 有「灰塵」的意思。當一個東西聚集灰塵時，基本上就是沒有人在使用的物品了，因此 gathering dust 表示一個東西在角落閒置，沒有用處了卻又佔位子。

◀ 一起學更多 ●

同義 collect dust 積灰塵。	The old clock stopped working long ago, and I left it there **collecting dust**. 那個老時鐘已經壞很久了，我把他留在那裡積灰塵。
同義 catch dust 積灰塵。	I eat out all the time, so my kitchen is **catching dust**. 我都吃外面，所以廚房很久沒用了。

You're such a lagger.
遲到大王。

使用時機 表示別人是拖延、遲到界中的佼佼者時。多用於私下批論他人時。

情境示範 |A| Jeremy is supposed to be here to co-host the party at 3:00 p.m., but it's already 5p.m.
Jeremy 應該要在三點到，跟我一起主辦派對的啊。但現在已經五點了。

|B| He's **such a lagger**. Let's just start without him.
他是**遲到大王**。我們就先開始吧，不等他了。

重點釋義 lag 為「延遲」之意。中文裡，電腦遊戲跑很慢時，我們就會説「電腦 lag 了啦！」就是那個 "lag"。jetlag 則是 jet（飛機）和lag 的組合，指的是「時差」。此處是非常口語的説法，字典裡可能查無此字。

◀ 一起學更多 ∙∙∙∙∙∙∙∙∙∙∙∙∙∙∙∙∙∙∙∙∙∙∙∙∙∙∙

同義	
procrastinator 愛拖延的人。	Nobody wants to work with **procrastinators** because they are troublesome. 沒人想跟**愛拖延的人**合作，因為他們很麻煩。

相關	
lag monster 虛擬拖延怪獸	I woke up late because I had a nightmare with a **lag monster**. It' horrible. 我晚起床是因為昨天做惡夢，夢到**拖延怪獸**。超可怕的。

We have enough until kingdom come.

到世界末日都夠用。

使用時機 想要誇張表示事物到世界末日都不會用罄的。

情境示範

A Dude, your freezer is loaded with food!
老兄，你的冰箱裡塞滿了食物耶！

B Every time my wife comes back from the supermarket, it always looks like we have enough food to eat **until kingdom come**.
每次我老婆從超市回來，食物都多得可以吃到**天荒地老**。

重點釋義 kingdom come（將來臨的王國）源自基督教禱告詞，因為基督教普遍認為世界有末日，神會在審判日那一天降臨，重新統治地球，所以 kingdom come 變成非正式的用語，表示「來世」或是「世界末日」。

◀ **一起學更多** ·

相關	
That's the way the cookie crumbles. 人生就是這麼變化莫測。	One day after I found my dream house, I was being transferred overseas to London. It makes me sad, but **that's the way the cookie crumbles**. 在我找到理想房子的隔天，我接到要被跨海調去倫敦的消息。我有點難過，但**人生就是這麼變化莫測**。
相關	
blow it to kingdom come 導致毀滅	Make sure to get the gas leak fixed or it will **blow** your apartment **to kingdom come**. 記得修好瓦斯漏氣，不然你的公寓會被**炸飛**。

Chapter **08** 挖苦 Sarcasm

165

We're in the middle of nowhere. 我們在荒郊野外。

使用時機 形容看不到人的荒地。

情境示範

A Can we not drive there? I'm always afraid of the car breaking down **in the middle of nowhere**.

我們可不可以不要開車去啊？我都怕車子會在**荒郊野外**拋錨。

B Don't worry. I got a satellite phone.

別擔心，我有衛星電話。

重點釋義 middle 意思是「中間、中央」，nowhere 意思是「無處、無名之地」，in the middle of nowhere 字面理解會覺得有些抽象，但是也非常容易理解，在無名之地的中央，可以引申為不毛之地，荒無人煙的意思。

◀ 一起學更多 ••••••••••••••••••••••••••••

同義	Why did grandpa have to sell his company and move to this **godforsaken place**?
a godforsaken place 鳥不生蛋的地方。	為什麼爺爺非得把公司賣掉然後搬來這個**鳥不生蛋的地方**？

相關	He's upset about moving because he has to **leave** his friends **behind**.
leave behind 遺棄。	他為搬家的事不高興，因為他必須**拋棄**他的朋友。

Your name is mud.
名譽掃地。

使用時機 想要説一個人極度不受歡迎，名譽不佳時。常用於背地侮辱別人時。

情境示範

A Since teacher Chen was caught cheating on his wife, his name has **become mud**.
陳老師自從被抓到外遇之後，就**名譽掃地**了。

B I believe so. At least I won't let that kind of person teach my child.
我想也是，至少我不會讓那種人教我的小孩。

重點釋義 name 是「名字」，mud 是「泥巴」。在18世紀初，英國就有人開始罵人是爛泥巴，代表該人無價值、腐敗氣息又會汙染身邊的人。現在此句則表示一個人的名聲掃地，不受歡迎。

◀ **一起學更多** ･･･････････････････････････

同義	
tuck one's tail 羞愧。	Now people feel justice remains by watching a scoundrel like him **tucking his tail** when he got caught. 當看到像他一樣的惡棍如今被逮捕時**落魄**的樣子，人們都感到正義依舊存在。

反義	
He blew his own horn. 自我炫耀。	How ironic it is for Ray; **jerking his brother's chain** as payback. 做為報仇去**戲弄**他弟弟，這對Ray來說是多麼諷刺。

Chapter

08 挖苦 Sarcasm

She's such a nervous Nellie. 窮緊張的人。

使用時機 嘲笑別人容易受到驚嚇。

情境示範

A Are your passport, flight ticket, luggage, cell phone and keys all set?

你的護照、機票、行李、手機跟鑰匙都準備好了嗎？

B Yes, of course. Don't worry about me, **Nervous Nellie!**

早就準備好了，別替我擔心，你這**老愛窮緊張的人**。

重點釋義 Nellie 是女人的名字，但是 nervous Nellie 既可以用來指女人也可以說男人。這個習慣用語從二十世紀而二十年代開始流傳，現在關於 Nellie 這個名字的典故已經不清楚了，用這個名字也可能只是因為 Nellie 和 nervous 都是以字母 n 開頭，讀起來很順口。

一起學更多 ....

| 同義
nail biter
易緊張的人。 | Rudy is a **nail-biter** so we better not to interrupt him before start of the game.
Rudy是一位**易緊張的人**，所以我們最好在比賽前不要打擾他。 |

| 同義
scaredy cat
膽小鬼。 | I am willing to admit that I am a **scaredy cat** for not getting on the Ferris wheel.
我願意為了不要上摩天輪承認我是個**膽小鬼**。 |

She's living a New York minute. 步調超快。

使用時機 形容節奏非常快。

情境示範

A Bryan is **living a New York minute**.
Bryan是一個**步調迅速**的人。

B Yes. People who work for him seldom have time to take a rest for whole day.
是啊，他的員工們一整天內很少有休息時間。

重點釋義 New york minute 用來比喻時間短暫，這源自於紐約人的生活節奏。西方人認為，紐約快節奏的生活方式使得那裡的一分鐘看起來要比別的地方快，他們認為，紐約人一分鐘能做的事情，其他地方的人需要幾分鐘才能做完，因此特指「非常短的時間」。

◀ 一起學更多 ·······································

同義	
in no time at all 短暫的時間。	**In no time** at all, Sam dropped tears because the place reminds him of his mother. 隨即，Sam因為觸景傷情而留下了眼淚。

反義	
Take your time. 不急。	We still have half an hour to get to the airport, so **take your time**. 我們還有半小時的時間可以到機場，所以慢慢來不要急。

Chapter
08
挖苦 Sarcasm

He's just a paper tiger.
外強中乾。

使用時機 想酸一下徒有外表的人時。

情境示範

A Will Hank really make some changes on the political rule?

Hank 真的會在政策上做改變嗎？

B I am afraid he is just a **paper tiger**. He does not have enough power to do that.

恐怕他只是隻**紙老虎**，他沒有足夠的影響力去做這件事。

重點釋義 paper 是「紙張」的意思，tiger 意思是「老虎」，paper tiger 意思是「紙老虎」，只是外表能夠震懾人，讓人乍一看很害怕，其實只是紙做的老虎而已，根本就是嚇唬人而已。中文裡也是這樣表達，用來指那些虛有其表、外強中乾的人。

◀ 一起學更多 ••••••••••••••••••••••••••••••

同義	We are fooled by a **man of straw**.
man of straw 稻草人。	我們被**稻草人**擺了一道了。

同義	There are lots of **tin gods** in the world and usually they will make a prophecy about the end of the world to cheat on people.
tin god 假聖人。	這世界上有很多**假聖人**常以世界末日預言來騙大家。

He's a peanut gallery audience. 不懂欣賞藝術的人。

使用時機 對藝術不喜歡或者不瞭解的人的評價。

情境示範

A I want to invite Lara to enjoy the musical tonight.

我想要請Lara今晚去聽音樂劇。

B I thought you are a **peanut gallery audience**.

我以為你是個**不懂欣賞藝術的人**耶。

重點釋義 19世紀的美國劇院按排數分層，越靠後的座位位置越高、觀賞效果差。坐在前排的人，多是達官顯貴等有錢人。坐在後排的市井小民對表演不滿意時，會直接抓起手邊的花生等零食，直接往臺上扔。因此後排座位就有了 peanut（花生）gallery的別稱。

◀ 一起學更多 ·

相關	
shooting gallery **吸毒場所**	Police man will follow after Robert when he is on the way to **shooting gallery**. 警察會在Robert前往**吸毒場所**的路上跟蹤他。
相關	
peanut politician **不重要的人**	People who are recognized as **peanut politician** in the company should prepared to be laid off in any time. 在公司被視作**不重要**的那些人要有心理準備隨時都會被解雇。

Chapter

08 挖苦 Sarcasm

Pigs might fly.

怎麼可能。

使用時機 表示一件事根本不可能辦到或發生,使用時要注意對方可能感到被羞辱。

情境示範

A Look! What is the round, shinny thing up there? Is it a UFO?

你看天空中那圓圓亮亮的東西是甚麼?是幽浮嗎?

B **Pigs might fly** if it is a UFO. It's a kite flying in the sky.

幽浮?**不可能**是幽浮啦!那只是一只風箏在天空中飛而已。

重點釋義 pig 意思是「豬」,fly 意思是「飛」,pig might fly 即是「豬會飛」。與中文的一個說法「豬會上樹」相同,即是說不可能發生、天方夜譚的事情,表達了說話者很明顯的否定語氣,有些調侃或者諷刺的說法。

◀ **一起學更多** •

同義.	I will win the lottery **when hell freezes all over**.
when hell freezes all over. 不可能的事	我贏得樂透根本是不可能的事。

相關	Jane **bought a pig in a pocket** and that's why she is called shopaholic.
buy a pig in a poke. 東西沒看過就下手買了	Jane 連東西看都沒看過就買了,這就是為什麼他被稱為購物狂。

He's a queer fish.
奇怪的人。

使用時機 評價言行古怪、比較引起注意的人。

情境示範

A People recognized Vincent Van Gogh as a **queer fish** and even sent him to a mental hospital.

人們當時都將梵谷視為**怪胎**,甚至將他送至精神病院。

B It is a pity that people didn't appreciate his artworks at that time.

那時候的人不懂得欣賞他的畫作,真可惜。

重點釋義 queer 的意思是「古怪奇異的」,fish 是「魚」,queer fish 是「奇怪的魚」,指「言行古怪的人」,英語中常會用動物來描述不同性格和特點的人,比如 black sheep 是敗家子、害群之馬。

◀ **一起學更多** •

同義	He is a **nutcase** that he keeps talking to the moon in the sky.
nutcase 瘋狂或行為怪異的人。	他根本就是個**瘋子**,不停得跟天上的月亮説話。

同義	Sara is used to be an **odd ball** but now she is candidate for mayor of New York.
odd ball 怪人。	Sara 以前是個**怪人**,但現在卻是紐約市長候選人。

Rather you than me.

幸好不是我。

使用時機 慶幸遇到該情況的人不是自己。

情境示範

A I feel like vomiting when thinking of the full schedule next week.

光想到下禮拜超滿的行程，我就要吐了。

B **Rather you than me!**

幸好是你不是我！

重點釋義 rather 意思是「寧願、寧可」，than 意思是「比、與其」，rather you than me 意思是「與其是我，不如是你」，即「幸好是你不是我」的意思。該俚語表達一種僥倖逃脫，且對別人的處境有點幸災樂禍的意味。

◀ **一起學更多** ＊＊＊＊＊＊＊＊＊＊＊＊＊＊＊＊＊＊＊＊＊＊＊＊＊＊

相關	
Don't count me in. 別把我算進去。	**Don't count me into** your plan. I will not go all the way to United Stated just for celebrating New Year's Day. 別把我算進去你的計畫，我不會大老遠到美國只為慶祝新年第一天。

同義	
As luck would have it. 幸好。	**As luck would have it**, I was not in the office when boss was in a bad mood. 幸好老闆心情不好的時候，我正巧不在公司。

She likes to rake over old coals. 翻舊帳。

使用時機 表示某人特意要重提往事。有時候會指對方提到不好的往事。

情境示範

[A] Grandpa is **raking over old coals** again. I can memorize the whole story.

爺爺又在**講以前的故事**了。我都可以全部背出來。

[B] I enjoy his old story pretty much, especially the Vietnam War part.

我滿喜歡聽爺爺的老故事，特別是他在越戰那一段。

重點釋義 rake是「翻找」的意思，coal是「煤炭」。此句指在以前的煤炭中再次翻找，表示翻舊帳、老調重彈之意。通常翻舊帳或老調重彈時，聽的那一方都會覺得很累，就像被陳年往事的灰塵弄得灰頭土臉的，因此可翻煤炭引申為「老調重彈」。

◀ **一起學更多** ‧‧‧‧‧‧‧‧‧‧‧‧‧‧‧‧‧‧‧‧‧‧‧‧‧‧‧‧‧‧‧‧

相關	My boss **rakes me over the coals** for being late to work again.
He raked me over the coals. 臭罵一頓。	我的老闆因為我再度遲到而**臭罵我**。

相關	From now on, I promise that I will not **rake up the past**. Let bygones be bygones.
rake up the past 翻舊帳。	從現在開始，我發誓我不會再**翻舊帳**。讓過去就都過去吧！

Chapter **08** 挖苦 Sarcasm

175

You took the biscuit.

很厲害嘛。

使用時機 表示諷刺某人表面上成功，卻是不顧手段地得勝時。

情境示範

A Most of content of Jim's paper was copied from the Internet.
Jim的論文大部分都是從網路上複製的！

B Wow. He does **take the biscuit**.
哇，他很厲害嘛。

重點釋義 take 意思是「拿、取」，biscuit 意思是「餅乾」，take the biscuit 是小孩子玩的遊戲，贏家可以得到可口的餅乾作為獎勵。大人獲得不正當的手段取得成功，如小孩般不負責任時，就會用take the biscuit 形容這種孩子氣的行徑。

◀ **一起學更多** ‥‥‥‥‥‥‥‥‥‥‥‥‥‥‥‥

相關	
have what it takes 擁有需要的資格。	We may finally begin since we had **all it takes**. 在我們擁有**一切需要的資格**後，我們終於可以開始了。
相關 **take the cake** 成為（負面）範本。	After this accident, Andy surely **takes the cake** of the few bastards I known. 在這場意外之後，Andy確定成為我心目中少數我所知曉的混蛋中的**典範**。

That's a shaggy dog story.
冗長無趣的笑話。

使用時機 指聽者興趣缺缺、缺乏重點的無聊故事，但是說者通常興致相當高昂。

情境示範

A I cannot stand your **shaggy dog stories** anymore.
　我真的無法再忍受你**冗長無趣**的笑話。

B Why? But girls love my jokes so much.
　為什麼？女孩們可是很喜歡我的笑話。

重點釋義 shaggy 是「毛茸茸的」的意思，而 dog 則是「狗狗」，story 是「故事」。此句指說者興致高昂，而聽者覺得乏味的笑話。也由於此種冗長無聊的故事，多含有會說話的動物，重點可能模糊不清，因此種乏味的笑話也會跟動物扯上關係。

◀ 一起學更多 ・・・・・・・・・・・・・・・・・・・・・

相關	
You can't teach old dog new tricks. 老狗學不了新把戲。	**You can't teach old dog new tricks.** It will be easier to give up. 老狗學不了新把戲。放棄比較容易。

反義	
It's a tall story. 難以置信的事。	I'm still shocked to hear the **tall story** that John is leaving his wealthy girlfriend. He is such a peacock. 我依舊對約翰跟他有錢的女友分手的事感到**難以置信**。他是如此愛慕虛榮的人。

Chapter 08 挖苦 Sarcasm

177

She was an ugly duckling. 會變天鵝的醜小鴨。

使用時機 要描述一個以前看來平凡，現在是功成名就或是美麗動人的人。多形容女生。

情境示範

A How was Cindy's wedding last Sunday?
上星期Cindy的婚禮如何？

B She was an **ugly duckling** in high school but transformed into a beautiful princess after she grew up.
她在高中時就是隻**醜小鴨**，長大後變成漂亮的公主了。

重點釋義 ugly duckling（醜小鴨）是英國作家 Hans Christian Anderson 於1846年寫的童話故事，內容描述一個沒有變漂亮潛力的小鴨子，長大後竟然蛻變成美麗天鵝的故事。此用語於1871年開始有人使用。

◀ **一起學更多** •

反義 **dead duck** 受處罰的人	As soon as Dad found you smoking, you'll be a **dead duck**. 老爸一發現你抽菸，你就會被**罰得很慘**。
同義 **lame duck** 將退位而無心在位的上位者	That **lame duck** president of the student council has stopped doing anything for months. 近幾個月來，那個**快退位的**學生會主席什麼事都沒做。

She wears the trousers.
老婆最大。

使用時機 表示一個家庭力是女孩子掌權，男人在家庭中的份量比較輕的時候。

情境示範

A Can you tell who is **wearing the trousers** in that house? I think it's Paul.
你可以看得出來那個家中是誰**掌權**嗎？我想應該是 Paul。

B It's Kelly who **wears the trousers** in their house.
Kelly才是這個家的**掌權**者。

重點釋義 wear是「穿」，trousers是英國人指男生才可以穿的「褲子」。20世紀以前，沒有女生可以穿褲子，一律是裙裝出現，因此褲子被認為是男性和權利的象徵。雖然現在女生能自由穿著褲子，但是這樣的表達，還是指一個家庭是女孩子掌權，老婆最大的意思。

◀ 一起學更多 ‧‧‧‧‧‧‧‧‧‧‧‧‧‧‧‧‧‧‧‧‧‧‧‧‧‧‧‧

反義	He stays at home and takes care of the baby, and he's also the one who **wears trousers**.
wear the pants 男生當家	他在家照顧小孩，同時也是**一家之長**。

同義	In the field of genetic studies, our institute **calls the tune**.
call the tune 掌權	在基因學界，我們機構**最有權威**。

Chapter **08** 挖苦 Sarcasm

He's a yes-man.
應聲蟲。

使用時機 要諷諷他人沒有自己想法，只是個想要討好的應聲蟲時。

情境示範

[A] Leo always say yes to his boss without thinking twice.

Leo總是對老闆的話沒有第二個想法就説「是」。

[B] He has been known as a **Yes-man** for long time. At least he knows how to survive in his company.

他被視作**應聲蟲**也有好長一段時間了，至少他知道如何在公司生存。

重點釋義 yes是英文「是、沒錯」的應答語，表示順從。而當一個人對他的主管、老闆或領導的人頻頻説「是（yes）」，不是因為內心的認同，而只是想討好上位者時，就會被稱為 yes-man，只是個討好別人的應聲蟲。

◀ **一起學更多** •

同義	I am married to **a man in the street** but he is the one who loves me more than himself.
man in the street 常人。	我嫁給了一個**平凡無奇**的人，卻是愛我比愛他自己多的人。

關鍵字連結	He is not only plays basketball but also watches the NBA. **I find the man after my own heart.**
man after my own heart 喜好品味與自己相仿的人。	他不只打籃球更有研究NBA，**我找到知音了。**

He's a yesterday man.
過氣。

使用時機 要批評一個人過氣了，或形容只活在過去榮景的人。

情境示範

A I met Jackson Smith last night in a restaurant.
我昨天在餐廳遇到Jackson Smith。

B You mean the movie star who was famous a long time ago? He is a **yesterday man**.
你是說那位很久以前紅過的電影明星嗎？他**過氣**了。

重點釋義 yesterday 是「昨天」的意思，man 為「男人」，提到女人時可改為「woman」。而 yesterday man 則指的是過氣的人，彷彿還活在昨日。此句話也有諷刺別人不面對現實，只想待在過去的榮光裡的負面意味，也可用中文「明日黃花」一詞來理解。

◀ 一起學更多 ‧‧‧‧‧‧‧‧‧‧‧‧‧‧‧‧‧‧‧‧‧‧‧‧‧‧‧‧‧‧‧‧‧‧‧

同義	The slang you use is **old-fashioned**. Let me teach you some new words.
old-fashioned 褪流行的。	你用的俚語太過老舊，讓我來教你些新的。

反義	This music video is **up to the minute** which made by my favorite rock. I am looking forward to the day the new album released.
up to the minute 最新的。	這支是我最愛的搖滾樂團**最新的**音樂電影，我期待新專輯發行的那天。

Chapter 08 挖苦 Sarcasm

Chapter

9

表達
意見
Opinion

· 表達意見
· 正面意見
· 負面意見

Chapter 9 音檔雲端連結

因各家手機系統不同,若無法直接掃描,
仍可以至以下電腦雲端連結下載收聽。
(https://tinyurl.com/p7ebx6xc)

He's not born yesterday.
他深諳世道。

使用時機 表示一個人並不如他人想得那麼笨時，有反將人家一軍的味道。

情境示範

A I am going to tell my mom that Kelly is pregnant and I am the father of the baby on April Fool's day.

我在愚人節那天要跟我媽說Kelly有小孩了，而我是孩子的爸。

B Your mom is not a person who was **born yesterday**.

你媽媽是**不會這麼輕易上當**的。

重點釋義 born 是「出生」的意思，yesterday 則是「昨天」，所以如果是「昨天出生的」，表示是個小寶寶，涉世未深，容易受騙。但是，當有人說自己 was not born yesterday 時，就是要說明自己早就了解一切，不會輕易上當，也表示已經看穿有人要騙他的企圖了。

◀ 一起學更多 ••••••••••••••••••••••••••••

反義

Old birds are not to be caught with chaff.
有經驗。

Tan is **an old bird that is not be easy to be caught with chaff**, so don't worry about him.

Tan是一位**有經驗的人，不會輕易受騙上當**，所以我們不用那麼擔心他。

同義

He's babe in the wood.
涉世未深。

I thought she is **a babe in the wood**, but seems that we cannot judge a person by appearance.

我以為她是一位**天真的女孩**，但看來我們不應該從外表判斷一個人。

I have to bring home the bacon. 我要賺錢養家。

使用時機 形容擔當維繫家庭經濟來源的責任時。

情境示範

A He quit his job after their first baby. Since then his wife is the one who **brings home the bacon**.

他在第一個小孩後就辭掉工作。他老婆從那時開始負責**賺錢養家**。

B I'd very much like to stay home and take care of the baby, too.

我也很想在家照顧小孩。

重點釋義 bring 意為「帶回」，bacon 是「培根」。在 12 世紀的英國，每逢農村趕集或過節，人們會在一隻豬身上抹油，讓牠四處亂跑，誰能捉住就可以把這只豬帶回家作為獎品，也算食物。後來「把培根帶回家」就表示謀生、養家糊口。

◀ **一起學更多** ·

相關	Being unemployed for 6 months, he started to **cash in** on his comic book collection.
cash in 賺錢。	失業半年後他開始賣他收藏的漫畫來**賺錢**。

相關	Their new website is now literally **a license to print money**.
license to print money 有搖錢樹。	他們的新網站根本就變成**搖錢樹**了。

Chapter 09-1 表達意見 Opinion

185

I like to chew the fat.
閒聊。

使用時機 打算和別人隨便聊聊以打發時間。

情境示範

A Isn't it nice to sit down and **chew the fat** like this?

像現在這樣坐下來**閒聊**真不錯。

B Yeah. We won't get to do this very often once the baby's born.

是啊。等小孩生下來之後，就沒辦法常這樣了。

重點釋義 fat 是「肥肉」，chew 是「咀嚼」的意思。chew the fat 字面解釋為「嚼肥肉」。此語起源於過去嚼肥肉的習慣。在還沒有口香糖的年代，鄉下人沒事就習慣在嘴裏嚼一塊肥鹹肉，就像現代人嚼口香糖一樣，只是無聊時想動動嘴巴。現在也就引申為「閒聊」。

◀ 一起學更多 •

相關 go on and on 說個不停。	I asked her about her weekend, and she **went on and on** about the boy she went out with. 我問她周末過得怎樣，她就**停不下來地講**她約會的那個男生。
同義 shoot the bull 聊八卦。	Every time my wife's friends visit us, it's a bunch of women **shooting the bull**. 每次我老婆的朋友來找我們，就是一群女人在**聊八卦**。

I've come full circle.
回歸原點。

使用時機 表示一件事情到最後還是回到最初的想法，也有「原來一開始就很好的」的想法。

情境示範

A Ten years ago I left acting and got into advertising. Then I had other jobs. Now my career has **come full circle**, and I'm back in acting.

十年前我離開戲劇界，進入廣告圈；現在，我**回歸原點**，重新開始演戲。

B It must be your true calling.

演戲一定是你的天職。

重點釋義 come 是「來到」，full circle 則是「完整圓圈」的意思。此句話表示事情回歸到最初的狀態，或是回歸依附初衷。雖然是回到原點，但是沒有白費辛勞的意思，反而有「眾裡尋他千百度，那人卻在燈火闌珊處」，回到原點可能還比較好的意思。

◀ **一起學更多** ·

相關	
go around in circles 兜圈子。	If we don't first decide on whom to invite to the wedding, we'll continue to **go around in circles**. 我們不先決定婚禮要邀請哪些人的話，我們只會繼續**兜圈子**。

相關	
the whole nine yards 徹底。	They went **the whole nine yards** with the singing contest and got a real star to be the judge. 他們把歌唱比賽辦得很**徹底**，還找來大明星當評審。

He cut to the chase.
直接説重點。

使用時機 要人不要再鋪陳，直接説重點時。

情境示範

A First we had sushi, which wasn't very good. Then we went to the movie. It took us a long time deciding what we were going to see.
我們先去吃壽司，沒有很好吃。然後我們去電影院，在那邊花很久的時間，才決定要看什麼。

B Stop teasing me. Just **cut to the chase**.
別吊我胃口了。**快説重點。**

重點釋義 cut 是「剪掉、停止」的意思，chase 則是「追逐戰」的意思。在好萊塢電影中，電影常常需要追殺、逃跑、飆車等追逐戲份來累積高潮的能量，所以 cut the chase 就是説別再看追逐場景了，直接看重點吧。此語在直來直往的商業界中廣泛運用。

◀ **一起學更多** ･･････････････

| **同義** | I need you to **get to the point**. We're running out of time. |
| **get to the point** 説重點。 | 請你**説重點**，我們要沒時間了。 |

| **同義** | A lot happened on my way here, but **long story short**, I was carjacked. |
| **long story short** 長話短説。 | 我來的途中發生很多事，**簡而言之**，我被劫車了。 |

It was a done deal.
定案。

使用時機 要表示是一件談成了的協商時，語氣堅定，表示很重視約定。

情境示範

A He's raising the rent again? I thought we had a **done deal**.

他又要提高租金了嗎？我以為都已經**談好了**。

B We should start looking for another apartment.

我們該開始看別的房子了。

重點釋義 done 是「做好了、決定了」的意思，而 deal 是「交易、協議」之意。雙方要交換協議時，當交易談成，常在句尾補一句 it's a done deal 來表示「談成了」。要是有一方反悔，另一方就可以說這句話，表示局已成，沒有轉圜空間。

◀ **一起學更多** ·

同義	I wouldn't worry about the deal because it's **written in stone**.
It was written in stone. 定案。	我不擔心這筆生意，因為都已經**定案**了。

相關	We can **cut a deal** on the property, but I'm definitely getting the car.
cut a deal 商量。	土地方面可以**商量**，但我一定要拿那輛車。

She has a down-to-earth attitude. 她的態度很務實。

使用時機 説某人做人做事很踏實，讓人覺得很實在。

情境示範

A Her **down-to-earth attitude** at work has won the boss' approval.
她**務實的態度**很讓老闆讚賞。

B Had I been more like her, I wouldn't have been stuck in this position.
我從以前就跟他一樣的話就不會一直做這個職務了。

重點釋義 down 意思是「向下」，earth 意思是「土地、地球」，attitude 意思是「態度」，down-to-earth 字面意思是向下直到地面，説明做事腳踏實地、很實際很現實，現在用來形容人很務實。

◀ 一起學更多 ••••••••••••••••••••••••••••

相關	
day-to-day 庸俗。	She's quite worn out by her **day-to-day** errands. 她為**庸俗地**事務忙得很累。
run-of-the-mill 平庸。	This is just a **run-of-the-mill** wristwatch. It doesn't even glow in the dark. 這只是一隻**平庸的**手錶。連夜光都沒有。

It's the same at the end of the day. 到最後還是一樣。

使用時機 要強調總之一切還是相同時。

情境示範

A There are so many new restaurants in town. We're having more to choose from.
市區開了好多新餐廳。我們有更多選擇了。

B **At the end of the day**, only a handful will survive.
最後能生存下來的也只會有那麼幾家。

重點釋義 same 是「相同」，end 指「結束」，end of the day 指的是「世界末日」。但是 at the end of the day 其實等於副詞「最後」，只是用「世界末日」強調「最後、一切都考慮過後」，也有「總之」的意思。跟「世界末日」真正的意思其實不同。

◀ 一起學更多 •

同義	
when all is said and done 最後。	**When all is said and done**, someone still has to stay behind and clean up the mess. **最後**還是得有人留下來善後。

同義	
in the long run 長久下來。	Eat less red meat. It'll be bad for you **in the long run**. 紅肉吃少一點，不然**長久下來**對你不好。

That takes guts.
需要勇氣。

使用時機 表達有堅定的信念和無畏的精神時。

情境示範

A I heard that Patrick is going to run for mayor this year.

我聽說Patrick要參加今年市長的競選。

B It **takes guts** to be a candidate while he is still engaged in a lawsuit with others now.

在他還在跟別人打官司時，要當一位候選人是**需要勇氣**的。

重點釋義 take 在這裡指「需要」，guts 的原義是「腸子」，在口語中指的是「膽子」。此句指做某樣事情有難度，要著手做需要勇氣，也是讚賞一個人有膽量去做某件困難的事情。

◀ 一起學更多 ···

| **相關**

spill guts
透露情報、祕密。 | Jason got a friend he can **spill his guts** with. I wish I have one too.
Jason有個能**盡情傾訴**的朋友。我希望我也能有個那樣的朋友。 |
| **相關**

hate someone's guts
討厭某人。 | Eric is a peaceful person; he never **hates someone's guts**, even being annoying as Tony.
Eric是個和平主義者；他從未**討厭過某人**，甚至是那個煩人的Tony。 |

I tried to hammer it home. 盡力解釋讓人接受。

使用時機 解釋得盡善盡美，希望得到他人的理解。

情境示範

|A| Is he still going to do it?
他還是要去嗎？

|B| I don't know. I've been trying to **hammer home to him** that he can't just swim across the Gulf of Mexico.
不知道。我一直**努力跟他解釋**說泳渡墨西哥灣不是他隨便就能做的。

重點釋義 hammer 意思是「捶打、敲打」，home 意思是「家」，hammer it home 字面意思是「捶打到家了」，可以理解為「話都說到家了」，也就是將事情解釋得再清楚不過了。

◀ 一起學更多 ·

相關 **shed some light** **提供解釋。**	We're expecting the new research to **shed some light** on animal suicides. 我們期待這個新研究可以為動物自殺行為**提供一些解釋**。
相關 **Break it down.** **用白話解釋。**	If you don't understand what I meant, I'd be happy to **break it down** for you. 如果你不懂我剛才說的，我很樂意為你**詳細說明**。

Chapter

09-1 表達意見 Opinion

We hit the ground running.
開始行動。

使用時機 表示一件工作開始得非常緊湊，沒有浪費一分一秒。

情境示範 A The animation team is ready to **hit the ground running** once the copyright issues are settled.

版權問題解決之後動畫小組就能**立刻開工**。

B The legal team is doing their best.

法律小組已經在全力處理了。

重點釋義 hit 是「打」，hit the ground在這裡指的是「到達地面」的意思，running是「跑步」。此常用語出自傘兵跳傘的用語，因為傘兵跳離機艙，一降落到地面，就要立刻脫離跳傘、開始跑步、準備攻擊。因此這個常用語，指的就是馬不停蹄地開始工作。

◀ 一起學更多 ‧‧‧‧‧‧‧‧‧‧‧‧‧‧‧‧‧‧‧‧‧‧‧‧‧‧‧‧‧‧‧

相關 **break the ice** **破冰。**	In the beginning nobody was talking, so I tried to **break the ice** by telling a joke. 本來都沒人講話，所以我講了一個笑話來**打破沉默**。
相關 **a flying start** **好的開始。**	Her career as a documentarian got off with **a flying start**. Her first film got into several major film festivals. 她的紀錄片事業**有好的開始**。第一部片就打進好幾個重要的影展。

I don't know beans about it. 一竅不通。

使用時機 要形容表示一個人對事情完全不了解時。

情境示範

A Can you help me to fix my laptop?
你可以幫我修筆記型電腦嗎?

B **I don't know beans** about computers.
You can go find Peter with the engineering degree.
我對電腦**一竅不通**。你可以去找主修電機的Peter啊。

重點釋義 bean的原意指「小豆子」,但是在19世紀初期時,beans代表小的、枝微末節和最初階的事情。而如果一個人連事物最基本的入門知識都不懂,表示對該事一竅不通,不可能有全盤的了解。後來也可以指人很笨,什麼都不知道。

◀ **一起學更多** ·

同義	
I don't know first things about. 一竅不通。	I **don't know first things** about math, so don't blame me for failing test again. 我對數學就是**一竅不通**,所以不要責備我又不及格了。

反義	
at my fingertips 瞭如指掌。	Peter has been worked as taxi driver for long time so the roads are **at his fingertips**. Peter已經當了計程車司機很久了,所以他對道路**瞭如指掌**。

Chapter
09-1
表達意見 Opinion

195

I am a people person.

我喜歡與人互動。

使用時機 説明某人的社交能力強、喜好與人打交道。

使用時機

A Do you think I should go apply for a job as a salesperson?

你覺得我應該去應徵當業務人員嗎？

B You are not a **people person**. You won't feel happy with this job.

你不是**善於交際**的人，你不會喜歡這份工作的。

重點釋義 people person 兩個單字都是「人」的意思，這個説法很具體地表達了人與人互動的意思，是一個形容人喜愛與人互動時的常用語。

◀ 一起學更多 ‧‧‧‧‧‧‧‧‧‧‧‧‧‧‧‧‧‧‧‧‧‧‧‧‧‧‧‧‧‧

同義	
She's all things to all man person. 八面玲瓏。	We cannot possibly meet everybody's need and be **all things to all man people**. In that case, we will live a hard life. 我們不可能滿足每一個人的需求，當一位**八面玲瓏的人**。如果是這樣的話，我們人生會過的很辛苦。

相關	
play ball 合作。	Those who wouldn't **play ball** were threatened to be given a hard time. 不願**合作**的那些人被威脅要找麻煩。

I'm pressed for time.

沒時間。

使用時機 指沒有足夠的時間,非常緊張的意思。

情境示範

A Please help me to pick up my children at four o'clock in the afternoon. I am **pressed for time**.

請幫我在下午四點時候去接我的小孩。我現在**沒有時間**。

B Alright! But you owe me a dinner.

好吧!但你欠我一頓晚餐。

重點釋義 pressed指「被壓縮」,而pressed for……指「缺少某物」,此語就是要表示時間不足、非常緊張的情況。如果要說沒有錢的話,也可以說pressed for money。

◀ 一起學更多 •

反義	We are **pushed for the time** so you better give me the answer as soon as possible.
We're pushed for the time. 趕時間。	我們正在**趕時間**,所以你最好快一點給我答案。

相關	Larry **is pressed for the money** so he keeps asking us if we have cases or not.
He's pressed for the money. 被錢追著跑。	Larry 現在正**缺錢中**,所以他一直問我們有沒有案子可以給他。

Chapter
09-1
表達意見 Opinion

I was serving time.
坐牢。

使用時機 要指某人在坐牢時的婉轉説法。此也多為政府官員提到「坐牢」時的説法。

情境示範

A Do you have any news from Royce?
你有任何有關Royce的消息嗎？

B Yes. **He was serving time** for several bank robbery cases in New York.
有。他正在為了幾個紐約銀行搶案的關係**坐牢**。

重點釋義 serve 是「服侍」，time 是「時間」的意思。而當一個人在**serve time** 的時候，就表示他正在牢裡度過人生的時光、正在服刑。有時候，當要描述某人在做不喜歡做的事情、虛度光陰時，可以説是在 serving time。

◀ 一起學更多 ••••••••••••••••••••••••••

相關	
serve as a guinea pig 當白老鼠。	Tina's sister asks us to stay for lunch. We have no choice but **serve as a guinea pig**. 緹娜的姊姊要我們留下來吃午餐。我們別無選擇當她的**實驗品**。
相關	
have time on side 不著急。	Relax! Don't put yourself in such mad rush. You still **have time on your side**. 放輕鬆！用不著這麼著急。你**有足夠的時間**。

She set the wheels in motion. 讓事情開始運轉。

使用時機 指事情開始運作時,多表示事情已經開始上軌道,後來會越來越順利。

情境示範

A The only thing my boss has to do is pick up his phone then he can **set the wheels in motion**.

我老闆唯一需要做的,就是拿起他的電話,然後他就可以**讓事情開始運轉**了。

B That is why he is the boss.

這就是為什麼他是老闆。

重點釋義 set 表示「設立」,wheel 為「輪子」,motion 是「動作」的意思。中世紀交通、運輸多用馬車、只要輪子開始轉動,就可以開始貿易流程,也因此這個從 17 世紀就開始流傳的常用語,到現在也能表示讓輪子開始轉動時,就表示事情開始上軌道運轉了。

◀ **一起學更多** ·

相關	It's challenging to **put one's shoulder to the wheel** before get familiar with the new environment.
put shoulder to the wheel 全力投入。	要在熟悉新環境之前**傾力投入工作**是件困難的事。

相關	Love makes him **move heaven and earth** to reach the happiness.
I'll move heaven and earth 用盡方法。	愛讓他用盡方法去獲得幸福。

It's in the ballpark.

很接近了。

使用時機 表示接近目標了。

情境示範

A How much do you think this ring cost?
你猜這枚戒指花了我多少錢。

B A million?
一百萬嗎？

A You're not even guessing. It's **not** even **in the ballpark**.
你根本沒認真猜。**差太遠了**。

重點釋義 ballpark 指「棒球場」。此句來源是美國的全民運動－棒球，因為根據棒球規則，如果球不在棒球場內，表示被打出場外成為全壘打，捕手就完全沒有挽救的機會；如果球還在場內（in the ballpark），表示離救援成功、免於失分很接近了，因而有此意。

◀ **一起學更多** ․․․․․․․․․․․․․․․․․․․․․․․․․․․․

相關 **a ballpark figure** **估計值。**	One hundred fifty million is only a **ballpark figure** for the budget. 一億五千萬只是預算的一個**估計值**。
同義 **give or take** **左右。**	Five thousand people were in the march, **give or take**. 參加遊行的有五千人**左右**。

It's your best bet.
最佳選擇。

使用時機 認為某種做法最合適不過了。

情境示範

A The car won't start.
車子發不動。

B If you want to get to work on time, your **best bet** is the subway.
你上班不想遲到的話，**最好的選擇**是搭地鐵。

重點釋義 best 意思是「最好的」，bet 意思是「賭注」，best bet 意思是「最好的賭注」，即說明這是你最有可能贏得賭局的籌碼了，可以引申為已經沒有比這個更好的辦法了，這是「最佳選擇」。

◀ 一起學更多 ·····

同義	
the only way to go 唯一的選擇。	If you want to lose weight, working out is the **only way to go**. 想要減肥的話，運動是你**唯一的選擇**。
同義	
the safest bet 最保險的選擇。	With acting now out of the question, your **safest bet** is going back to school. 既然去當演員已經不考慮，繼續進修是你**最保險的選擇**。

Call me crazy.
信不信由你。

使用時機 用理所當然的態度，拒絕接受對方的想法。

情境示範

A If we pull off this job, we don't have to work for another day ever again.

如果這一票得手的話，我們下半輩子都不用再工作了。

B **Call me crazy**, but I don't want to risk going to jail.

信不信由你，我不想冒坐牢的險。

重點釋義 call 意思是「叫、稱呼」，crazy 意思是「瘋狂的」，call me crazy「就當是我瘋了吧」，這句話可以理解為「不必要非得同意我的想法，你自己看好了」，有一點反語的意思，表示不贊同或者不信任。

◀ 一起學更多 ·····································

相關 Is it just me? 是我的問題嗎？	**Is it just me**, or does this wine really taste like vinegar? 可能是**我的問題**啦，不過這酒喝起來跟醋一樣。
相關 believe it or not 信不信由你。	**Believe it or not**, I was held hostage at the supermarket. 我剛在超市被挾持成人質了，信不信由你。

I walked on eggshells.
謹慎行事。

使用時機 因為有前車之鑑，或是害怕發生意外，就用這句話表示十分謹慎的狀態。

情境示範

A Can you speed up a little? I will be late for work.

你速度可以再加快一點嗎？ 我上班會遲到。

B Since I got into a car accident last month, I have been walking **on eggshells**.

自從我上個月發生車禍後，我就開始很**謹慎地**開車。

重點釋義 shell 為「殼」，eggshell 指蛋殼，因此此語意思為「走在蛋殼上」。中文可以聯想到「如履薄冰」，只要腳下走的路破了，人會摔倒，事情也做不成，所以指非常謹慎的行事。

◀ 一起學更多 ••••••••••••••••••••••••••••••••••••

同義	You need to mind your **P's and Q's** when you work on this presentation.
mind one's P's and Q's 仔細	做這次報告的時候一定要**仔細**。

反義	The special effects **laid an egg** in making the monsters look real.
lay an egg 表現不好	特效部門在塑造逼真的怪物上**表現不好**。

Chapter 09-2 正面意見 Opinion

You can say that again.

你説得一點也沒錯。

使用時機 表示認同、贊同別人的説法時。多在平輩間使用。

情境示範 |A| I will mail the customer the latest quotation according to the rising cost of materials.
由於物料成本持續上升,我會寄信跟客人説明最新的報價。

|B| **You can say that again**. Just do it.
你説的一點也沒錯。就這麼做吧。

重點釋義 say 的意思是「説」,again指的是「再一次」,所以you can say that again字面意義可解釋為「你可以再説一次」,但不是要人真的再重複説一次已經説過的話,而是「我同意你的説法」的意思。

◀ 一起學更多 ●●●●●●●●●●●●●●●●●●●●●●●●●●●●●●●

相關	You always piss people off. **That is to say**, you are not welcome here.
that is to say 換句話説。	你一直惹別人生氣。**換句話説**,你在這裡不受歡迎。

相關	A: The party is gonna suck! B: **Tell me about it**. She will ruin the perfect atmosphere here.
Tell me about it. 那還用説。	A: 這個派對一定會變得很糟! B: **那還用説**。她等等就會破壞這個完美的氣氛。

We're on the same page.
我們看法相同。

使用時機 表示兩人或兩方人馬同意彼此想法、有共識時。

情境示範

A What exactly does Mr. Bates want to say in the memo?
Mr. Bates的memo到底在說什麼啊？

B He's making sure everyone in the office is **on the same page**.
他是想確認每個同仁都能**有志一同**。

重點釋義

same為「同樣的」，page是「（書的）頁面」。如果我們正在讀同一頁書，就表示我們得到一樣的資訊、有著相同的想法，所以表示兩方想法一致。商用英文中常用此說法，來表示開會時，大家手上讀著一樣的資料，表示有著對會議有著相同的基本概念。

◀ 一起學更多 ·

相關	It's very important for the two of you to **bury the hatchet** before we start the project.
bury the hatchet 盡釋前嫌。	在這個計劃啟動前，你們兩位的**和解**很重要。

同義	We now **see eye to eye with** the actors on the nudity issue.
She see eye to eye with me. 看法相同。	我們現在就裸露的問題和演員們**達成共識**。

Chapter
09-2
正面意見 Opinion

205

This one is below par.

這次低於水準。

使用時機 沒有發揮出正常水準。

情境示範

A After a series of great performances on stage, the actor surprised me with one that's **below par**.

在連續這麼多次精彩的演出後,這名演員這次的表現,竟然**低於水準**。

B I disagree. It's one of his greatest performances.

我不這麼覺得。這是他最厲害的一次演出。

重點釋義 par 指「票面價值」,有「標準」的意思,below 意思是「在下面」,below par 的意思是「低於票面價值」,引申為「沒有發揮出正常水準,稍遜於本身正常實力的發揮」。

◀ **一起學更多** ....

相關	The brownie at the bakery is **a notch below** what my mom used to make.
a notch below 稍遜。	那間麵包店賣的布朗尼跟我媽以前做的比起來稍遜一籌。

相關	This sushi bar is **a notch above** the place down town.
a notch above 略勝。	這間壽司店比市區那間**更勝一籌**。

It's not my cup of tea.
不是我的菜。

使用時機 想要説明一個人不喜歡一件事物，不是他的菜時。

情境示範

A Can I not go to the musical? **It really isn't my cup of tea**.

我可以不要去看歌舞劇嗎？**真的不是我的菜**。

B Fine. We can save money on the babysitter now.

好，這樣保姆的錢可以省下來了。

重點釋義 cup of tea 是「一杯茶」的意思。英國人喜歡喝茶，英語中少不了跟茶有關的語彙。20世紀初，cup of tea 可以用來指友情長久、可以如茶般回甘的友人。但經過演變，現在比較常用的反而是否定句 not my cup of tea（和我不合的人）。

◀ 一起學更多 ‧‧‧‧‧‧‧‧‧‧‧‧‧‧‧‧‧‧‧‧‧‧‧‧‧‧‧‧‧

同義	I know many people who are into anime, but it really isn't **my thing**.
one's thing 喜好。	我認識很多喜歡日本動畫的人，但我真的不**好此道**。

同義	The tickets to our band's next concert are **going like hot cakes**.
go like hot cakes 熱賣。	我們樂團下一場演出的票熱賣。

Chapter
09-3
負面意見 Opinion

It missed the mark.

沒說到重點。

使用時機 要說明人說話是沒有重點的，迷失方向的感覺。

情境示範 |A| The new commercial for the beer **missed the mark** and even caused sales to drop significantly.

那款啤酒的新廣告**沒說到重點**，甚至讓銷量明顯下降。

|B| I told them the tsunami joke was a bad idea.

早就跟他們說過，拿海嘯開玩笑是餿主意。

重點釋義 miss 指「錯失」，mark的中文為「標記」，在此指「目標、重點」，因為只有重要的東西才會有標記的符號。當一個人miss the mark的時候，表示沒有說話、做事、想法沒有打到重點、方向錯誤或是失敗。

◀ **一起學更多** •

相關 **miss the point** 誤解。	If you think you can leave your costumes at home, you're **missing the point** of having a dress rehearsal. 如果你以為可以把戲服放在家裡的話，**還來**總彩排**幹嘛**？
相關 **go up in smoke** 完蛋。	If they pull out funding now, the project will simple **go up in smoke**. 如果他們現在撤資的話，我們的計劃就整個**完蛋**了。

He's on his high horse.
高傲。

使用時機 要形容人高傲、固執且自大，以為自己比較尊貴時。

情境示範

A Frances said she wants to talk to you.
Frances有事要跟你談。

B I'm not talking to her until she **gets off her high horse**.
她不**放下身段**的話，我不想跟她說話。

重點釋義 high指「高大的」，horse則指「馬」。中古世紀的歐洲貴族騎士以馬代步，一般來說，遇人要攀談時，都會下馬說話。但是如果一直在馬上的話，表示高傲、瞧不起人，或是自認比較高貴，對方用不著自己放下身段說話。

◀ 一起學更多 ·

同義	His request for a limo is apparently **an ego trip**.
an ego trip 滿足自己的高傲。	他要求要用禮車接送很明顯是要**滿足自己的高傲**。

相關	The host cut his speech short to **pull him down a peg**.
pull one down a peg 壓人氣燄。	主持人打斷他的演說來**壓他氣燄**。

In the right church, wrong pew. 抓錯重點。

使用時機 表示一個人神經大條，弄錯重點。

情境示範

A I think the writer of this book is **in the right church, wrong pew**.

我覺得這本書的作者**沒抓對重點**的感覺。

B I like the ideas, but it seems like topic does not have so much relevance to the content.

我喜歡裡頭的想法，但看起來，主題跟內容並沒有太大的關聯。

重點釋義 right 意思是「正確的」，church 是「教堂」，wrong 是「錯誤的」，pew 則是「座位」。此語也可指說「進對方，上錯床」(right house, wrong bed)，表示就算做事的方向大致正確，還是因為一些錯誤而偏離正確軌道。

◀ **一起學更多** ‧‧‧‧‧‧‧‧‧‧‧‧‧‧‧‧‧‧‧‧‧‧‧‧‧‧‧‧‧‧‧

同義	Petty's dissertation is **in the right house, wrong bed**. I am afraid she has to start over again.
right house, wrong bed 偏離主題。	Petty的論文有點**偏離主題**，我想他必須要再重新寫一次。

相關	I forgot to bring **church key**. Can we turn back to our house?
church key 開罐器。	我忘記帶**開罐器**了，我們可以掉頭回家嗎？

He robbed Peter to pay Paul. 挖東牆補西牆。

使用時機 勉強應付棘手的局面,並沒有將問題解決或者有所緩解。

情境示範

A| I need to apply for a third credit card in order to pay the other two credit cards bills.

我需要申請第三張卡去應付前面兩張卡的帳單。

B| To **rob Peter to pay Paul** is not the way to solve problems in thelong term.

以長遠來看,**挖東牆補西牆**不是解決問題的辦法。

重點釋義 rob 意思是「搶劫」,pay 是「補償、償還」。中文有句話叫「拆了東牆補西牆」,這裡是指同一個意思,是說用緩兵之計勉強應付,沒有從根本上解決問題。

◀ 一起學更多 ··································

相關 **He robs the paddle.** 老牛吃嫩草。	Murray is **robbing the paddle!** His girl friend is ten years younger than him. Murray在老牛吃嫩草,他女友小他整整十歲。
相關 **They robbed us blind.** 被洗劫一空。	Sly woman has **robbed** veteran **blind.** Now the veteran can only live on the retired pension. 狡猾的女人將老兵洗劫一空,現在老兵只能依靠退休金生活。

Chapter

09-3

負面意見 Opinion

They are the Vicar of Bray. 見風轉舵的人。

使用時機 表示有人見風轉舵,想要八面玲瓏討好每個人。

情境示範

A Hank got promoted to a position of assistant manager.
Hank被升職到副理的位置。

B Well, I have to say he is **the Vicar of Bray person**. I am not surprised that he got promoted.
我必須說,他是一位懂得**見風轉舵**的人,我並不意外他被升職。

重點釋義 Vicar指「牧師」,Bray是英國倫敦西北的一個地名。該牧師因亨利國王的關係改信天主教,但是等瑪莉皇后一上任,國教改為新教,牧師又變成新教徒;伊莉莎白一世上位後,國教更改,牧師也又改變了信仰。此用語以後就成為了見風轉舵的人的代名詞。

◀ 一起學更多 ....

同義	
bend with the wind 牆頭草。	It would help to get rid of those who just **bend with the wind**. 把那些**牆頭草**踢出去對我們有好處。

同義	
wait for the cat to jump 靜觀其變。	It would be best to act now than to **wait for the cat to jump**. 現在立刻行動比**靜觀其變**好。

He's just an average Joe.

一般男生。

使用時機 形容一個人非常不特別，街上到處可以見到的人。

情境示範

A Alex dumped me. I'm feeling like shit.
我被Alex甩了，現在心情糟透了。

B He's just an **average Joe**. You'll find a better guy.
他就是**一般的男生**啊。下一個會更好。

重點釋義 Joe是美國常見的名字，因此**average Joe**指的就是一般平民百姓，如同生活中的小王老張之類的尋常人民。用於描述人時，多有貶意，指人普通平凡，一點也不特別。

◀ **一起學更多** •

相關	
Joe Blow 普通人。	A **Joe Blow** is your ordinary neighbor or who you can see everyday on the street. **Joe Blow** 就是你尋常的鄰居，或是每天走在街上都會看到的人。

相關	
Joe Public 大眾百姓。	We have to make a juice that will be a hit among **Joe Public**. 我們必需製造出會受**大眾**歡迎的果汁。

Chapter

09-3

負面意見 Opinion

Chapter

描述場景
／ Event
事件

· 描述場景／事件
· 正面描述
· 負面描述

Chapter 10 音檔雲端連結

因各家手機系統不同，若無法直接掃描，
仍可以至以下電腦雲端連結下載收聽。
（https://tinyurl.com/yckrmczm）

It's up in the air.

還不確定。

使用時機 對某事沒有十足的把握。

情境示範

A Where are you going for the vacation?
你要去哪度假？

B My plans are still **up in the air**. I was thinking about visiting my brother in Alaska, but my wife started nagging me about Hawaii.
我還**舉棋不定**。我本來想去阿拉斯加找我弟弟，可是我老婆最近開始吵說要去夏威夷。

重點釋義 air 意思是「空氣、天空」，up 意思是「在……之上」。與中文詞語「懸而未決、舉棋不定」有著一樣的意思，懸在半空沒有著落的事情，説明還沒有定論，尚未成定局，有待商榷。

◀ 一起學更多 ⋯⋯⋯⋯⋯⋯⋯⋯⋯⋯⋯⋯⋯⋯⋯⋯⋯

同義	I don't want to **leave the decision** to buy the car hanging forever. I'm tired of riding on the bus.
leave it hanging 猶豫。	買車的決定我不想再**猶豫**下去了。我已經搭公車搭到快煩死。

同義	She's still **on the fence** about settling down, which makes her boyfriend very anxious.
on the fence 猶豫。	她對要不要安定下來還在**猶豫**，她男友為此很緊張。

They're apples and oranges. 完全是兩回事。

使用時機 解釋根本不可能混淆的兩件事。

情境示範

A How can you compare a rock band to a string quartet? They're **apples and oranges**.

妳怎麼可以拿一個搖滾樂團跟弦樂四重奏比？根本是**兩回事**啊。

B They're the same to me.

對我來說都一樣。

重點釋義 apple 意思是「蘋果」，orange 意思是「柳丁」。蘋果和柳丁是兩種完全不同的水果，用來表示說明兩件事情完全沒有可比性，或者不可能搞混淆的意思。

◀ 一起學更多 ‥‥‥‥‥‥‥‥‥‥‥‥‥‥‥‥‥

比較	The Japanese food in local restaurants is **a far cry** from what I had in Japan.
a far cry **相去甚遠。**	附近的日本料理吃起來和我在日本吃的差很多。

相關	Of all the people on the team, he's the only one who **marches to a different drummer.**
march to a different drummer **我行我素。**	整個球隊只有他一個人我行我素。

Chapter

10-1

描述場景／事件 Event

217

The whole thing boils down to this. 其實關鍵只是這個。

使用時機 重點強調一些問題的時候。

情境示範

A This seems like too complicated a problem for a small team like ours.
這個問題對我們的小團隊而言，好像太複雜了。

B **The whole problem really boils down to** setting the right price.
它的關鍵其實只是訂出適當的價格。

重點釋義 boil 是「煮」的意思，boil down 字面意思是「煮濃」，如果是熬湯的話是要將湯熬粘稠，將精華和營養都煮出來，引申為「歸結於」的意思，所有的事情都要歸結於一點，那這一點一定是最關鍵最核心的部分。

◀ 一起學更多 ‧‧‧‧‧‧‧‧‧‧‧‧‧‧‧‧‧‧‧‧‧‧‧‧‧‧‧

相關 **get down to brass tacks** 追根究柢。	If we **get down to brass tacks**, it's your attitude that cost you your job. **追根究柢**的話，是你的態度讓你丟工作的。
相關 **the bottom line** 重點。	**The bottom line** is that the report must be ready by morning. **重點**是，報告必須在一早就完成。

On the blower
電話中。

使用時機 表明說話人的狀態。

情境示範

A Hey! Your mom's calling!
嘿！你媽打電話來了！

B Tell her I am **on the blower** with my great boss, I'll call back later. Thanks.
告訴他我正在跟大老闆**講電話**，等等回撥，謝謝！

重點釋義 這是一句英國俚語，blower 指「吹風機、鼓風機」。 on the blower 就是相當於 on the phone （正在打電話）。

◀ 一起學更多 ....

同義	
on the phone 電話中。	Would you mind to make a call later? Shelly is **on the phone** now. 可以麻煩您稍後再撥嗎？ Shelly現在正在**電話中**。

相關	
That's the real blower. 事情搞砸了	Today is **the real blower** that our project is rejected by client. 今天真的是**毀了**，我們的專案計畫被客人回絕了。

Chapter

10-1

描述場景／事件 Event

There comes a new sheriff in town. 新官上任。

使用時機
要表示團體中將有新人掌握主導權，而新的管理方式不明確時。語帶緊張與不確定。

情境示範

A There is **a new sheriff in town** to run this company.
公司最近**新任**總裁剛上任。

B I've heard that he parachuted into the position.
聽說他是空降部隊。

重點釋義
sheriff 指「警長」，town指「城鎮」。new sheriff in town 指的是鎮上有新警長來了，居民可能要開始適應新的管理方式。此語多用於公司中，若有新主管上任，底下的職員會說這句話，來表示不知道新主管的管理方式為何。通常是形容嚴屬的人或氣氛。

◀ **一起學更多** ●

同義	
A new broom sweeps clean. 新官上任。	**A new broom sweeps clean**, so we better be careful not to do something stupid in front of him. 新官上任三把火，我們最好小心一點別在他面前做蠢事。

同義	
A new official applies strict measures. 新官上任	**A new official applies strict measures** so we now have to follow lots of unnecessary rules than before. 新官上任三把火，所以我們現在必須比以前遵守更多不必要的規定。

It opened for business.

新開張的店或餐廳。

使用時機 表示新店開張。

情境示範

A There is a restaurant that's **open for business** today! The first hundred people can get free lunch today.

有一間餐廳今天**新開幕**，前一百人消費可以吃到免費午餐。

B What a great news. It's already one o'clock in the afternoon now.

這真是個好消息，現在都已經中午一點了。

重點釋義 open 意思是「打開」，business 意思是「生意、商業」，open for business 為了生意打開門戶。打開大門，招攬生意。引申意思為「店鋪開張」。

◀ 一起學更多 ●

反義	This shopping mall used to be the largest one in Asia, but now it is **out of business**.
out of business 不再經營。	這家購物中心過去曾是亞洲最大的一家，但現在卻**不再經營**了。

同義	I am planning to **start up in** a bakery business after I get my bachelor's degree.
starting up in business 開始做生意	我計畫在得到學位後**開始**做麵包生意。

Chapter
10-1
描述場景／事件 Event

221

Old flames die hard.
舊情難忘。

使用時機 形容曾經的感情通常難忘時。

情境示範

A **Old flames die hard.** I totally agree with it.
我完全同意**舊情難忘**這句話。

B I agree. I cannot forget my first love even though I haven't been in touch with her for several years.
我也同意，即使我和初戀女友已經好幾年沒有聯絡了，我仍舊無法忘記她。

重點釋義 flame 意思是「火焰、火苗」，die 意思是「死亡」，這裡用作「熄滅」的意思，hard 是副詞「艱難地」。引申意思為曾經的種種過往，無法徹底磨滅。

◀ **一起學更多** ‧‧‧‧‧‧‧‧‧‧‧‧‧‧‧‧‧‧‧‧‧‧‧‧‧‧‧‧‧‧

相關	
flame war **筆戰。**	It's exhausting to read the **flame war** between two magazines. 讀到這兩家雜誌之間的**筆戰**是一件讓人很厭煩的事。
相關	
fan the flames **搧風點火**	All you have to do is **fan the flames** between the two parties. 你唯一要做的一件事就是在兩個政黨之間**搧風點火**。

It was out of my pocket.
公款開支。

使用時機
要表示並非自己的財物，而是公司或是團體裡的公用財時。

情境示範

A Our teacher spends $10,000 dollars **out of pocket** on class materials every year.
我們老師每年都花一萬元**公款**在課堂教材。

B But it is worth it because children do learn something from her class.
但這是值得的，因為孩子們在課堂上，真的有學到東西。

重點釋義
out of指的是「在……之外」，pocket是「口袋」的意思。而在自己口袋之外的東西，不算是自己的東西，所以此句話用來表示工作上的公款、開支，沒有花到自己的錢。

◀ **一起學更多** ·

相關 **in the pocket** 確定結果	The result of the game is **in the pocket** so we can leave earlier before the end of game to avoid traffic jam. 這比賽結果已經**確定**了，我們可以在比賽結束前早點離開以避免交通阻塞。
相關 **I have money burning a hole in my pocket.** 將金錢不節制地花光	**I have 3,000 dollars burning a hole in my pocket**, therefore, I would go to buy a new jeans tonight. 我要把三千元通通花光光，所以我今天晚上要去買一條牛仔褲。

It was quiet as a mouse.
十分安靜。

使用時機 場面很安靜，沒有其他聲音。

情境範例

A| It is wonderful to live in Hualien. The night in the village is **quiet as a mouse**.
住在花蓮真的是一件很美好的事，夜晚的鄉村**十分的安靜**。

B| Yes, I slept really well during three-day trip to Hualien.
是啊， 在那三天的旅行中，我都睡得非常好。

重點釋義 quiet 意思是「安靜的、平靜的」，mouse 意思是「老鼠」。老鼠向來是躡手躡腳地走路，不容易被人發現，西方人以此來形容安靜的人或者場面。

◀ 一起學更多 ••••••••••••••••••••••••••••••

| **相關**
word of mouse
電腦郵件散播的訊息。 | A lot of rumors are spread by **words of mouse**.
很多流言都是透過**電腦郵件**散布出來的訊息。 |

| **相關**
He's as poor as a church mouse.
超級窮。 | People in this country are all poor **as a church mouse**, but the King is still live in a wealthy life.
這個國家的人民**非常窮困**，但是國王卻依舊過著富裕的生活。 |

It's merely a rule of thumb. 經驗法則。

使用時機 事物的發展規律。

情境示範

A How can you predict that the global economy will fall in the next three months?
你怎麼預測接下來三個月全球經濟會下滑？

B It's a rule of thumb. There are always some big events could cause great damage to the economy.
只是**經驗法則**而已，總是有一些大事件會導致經濟上的損害。

重點釋義 rule是「規則、制度」，thumb 意思是拇指。以前沒有溫度計，有時候燒水不知道到底有多熱，所以就用大拇指浸一下，然後就可以知道，水已經很熱了。還有一種說法是因為古代的時候大家都是用便於計量的單位來計量，比方說腳、手指。後來 rule of thumb 就引申為「經驗法則」。

◀ 一起學更多 •

同義	Tips of baking the bread are from **road of map**.
road of map 經驗法則。	烘烤麵包的技巧是從**經驗法則**而來。

相關	My grandmother has the **green thumb** than she can make plants grow well.
green thumb 園藝高手。	我祖母是個**園藝高手**能夠讓植物生長得很好。

Chapter **10-1** 描述場景／事件 Event

Those were the salad days. 一段青澀歲月。

使用時機 年輕時期單純美好的時光。

情境示範

A I used to be a bag packer and travel around the world.Those were **the salad days**.

在我年輕的時候當一位背包客環遊世界,那是一段**青澀的歲月**。

B I wish I could have the same experience as yours.

我真希望自己也能有跟你一樣的經驗。

重點釋義 salad 意思是「沙拉」,複數 days 意思是「時期」。此語出自莎士比亞《安東尼和克莉奧佩特拉》,指青澀歲月。自此之後,salad days 的意義流傳至今。

◀ **一起學更多** ·

同義	Tim's parents is in a painful period because their very first son is about to his **tender age**.
tender age 青春時期。	Tim的父母正為他們即將擁有自己的**青春年華**的大兒子感到頭大。

反義	Woman **of a certain age** finally accept how different they were now.
of a certain age 成熟的年齡	上了年紀的女人終會接受她們已不復青春的人生。

It was a shotgun marriage. 奉子成婚。

使用時機 一方或雙方由於意外懷孕不得已而結婚。

情境示範

A There are many couples who are having **shotgun marriage** these years.

這些年來，有不少的情侶都**先上車後補票**。

B At least they are willing to get marry and raise their child.

至少她們願意結婚，並扶養小孩。

重點釋義 shotgun 意思是「散彈獵槍」，marriage 是「婚姻」。此句意思是女方因為懷孕，面對孩子即將出世，情況緊張得如同槍對著腦袋逼不得已而締結的婚姻，指被現實所迫，不得已而結婚，即「奉子成婚」。

◀ 一起學更多 ·····································

相關	
marriage made in heaven 天作之合。	Brad and Cindy look so good together. The couple is the **marriage made in heaven**. Brad跟Cindy真是絕配。這對真是天作之合。

相關	
under the gun 被迫的行為	I'm going to ground you even if you are doing it **under the gun**. It's really a bad excuse for playing a trick to your teacher. 就算**不是你的本意**我也要罰你禁足。被逼迫捉弄老師實在不是個好藉口。

Chapter

10-1

描述場景／事件 Event

It's the talk of the town.
眾所皆知的事。

使用時機 所有人都知道的事情。

情境示範

A The divorce between Jimmy and his wife has been **the talk of the town** recently.
最近Jimmy跟他老婆離婚這件事情，變成**大家都知道的事**了。

B Everybody is guessing who causes the break-up of their marriage. The secretary is recognized as Jimmy's mistress.
每個人都在猜是哪位，導致這場婚姻的破碎。那位祕書被視為Jimmy的情婦了。

重點釋義 talk 意思是「談論」，town 意思是「城鎮」，talk of the town 意思是「鎮上都在談論的事」，引申為幾乎所有人都知曉、眾所周知的事情，也可以描述壞事。

◀ 一起學更多 ·····························

同義

word of mouth
傳言。

Even though there are some dramatic rumors of the president, they are only **words of mouths**.
就算有些關於主席的戲劇性謠言流傳著，那也不過只是人們的傳言罷了。

反義

He will carry a secret to his grave.
決不洩露祕密。

Dennis's wife often feels so distant with him. Actually, I suppose Dennis will **carry secrets to his grave**.
Dennis的老婆常常覺得與老公有距離感。其實我想Dennis有許多不能說的祕密。

There is no "I" in "Team."
成就大我，沒有小我。

使用時機 強調集體的意義和力量，杜絕個人英雄主義。

情境示範

A There is **no "I" in "Team"**. Please stop playing a one-man show.
只有團體，沒有個人。請停止你的個人秀。

B I am sorry.
對不起。

重點釋義 team 意思是「團隊」there is no I in Team 意思是「在 team 這個的單字裏沒有 I 這個字母」，這裡用了雙關的手法，引申理解為在團隊裡就沒有個人的利益，「個人成就不存在團體中」，大家都要同心協力，一起為大局著想。

◀ 一起學更多 ･･･････････････････････

同義	We are proud of Nick **earning his spurs** eventually. He is well-deserved for everything.
He earn his spurs. 獲得榮耀。	我們為Nick最終**獲得榮耀**而驕傲。他值得這一切。

相關	As a friend of Helen, I should warn her seriously since her behavior is just **wrapping herself up**.
You wrapped yourself up. 自我陶醉。	身為Helen的朋友，我該嚴正地警告她她的行為只是在**自我陶醉**。

Chapter

10-1

描述場景／事件 Event

229

It's that time of month again. 月經來了。

使用時機 要跟別人提到月經這件事時。用此句話説出來，比較不害羞。

情境示範

A I asked Anne if she wants to join the beach trip this weekend but she refused. I am so hurt.

我問Anne要不要加入週末的海邊行，結果被拒絕了。我好受傷。

B It's **that time of month** again. We can change our schedule for her if she's coming.

因為她**那個來**。她要加入的話，我們可以改去別的地方啊。

重點釋義 月經、月事的英文是 "menstrual period"，不過是比較正式的説法。要提到女生「那個來」時，可以用 that time of month（一個月中的那段時間）來形容。

◀ 一起學更多 ∙∙∙∙∙∙∙∙∙∙∙∙∙∙∙∙∙∙∙∙∙∙∙∙∙∙∙∙∙∙∙

相關	**Time for Vegas.** I finally finished this paper.
Time for Vegas. 是否該閃去透透氣了。	是否該去透透氣了。我終於完成論文了。

相關	Facebook is a **time vampire**. I usually can do nothing after browsing on it.
time vampire 花時間的東西。	臉書真的很花**時間**。通常玩完之後就沒時間做別的事了。

He just tied the knot.
結婚。

使用時機 情侶締為連理。

情境示範

A Are you saying that Lawrence is going to **tie the knot**?

你剛剛說Lawrence 要**結婚**了？

B That's exactly what I'm saying! They are going to hold their wedding in Boracay. We have to book a flight ticket now so that we can get a better price for it.

沒錯！他們還要在菲律賓長灘島舉行婚禮，我們現在要訂機票了，才能以較划算的價錢買到。

重點釋義 tie 意思是「打（結）」，knot 意思是「結」，tie the knot 意思是「系一個蝴蝶結」，引申指「結婚」。除了指結婚外，還有舉行婚禮的意味在裡面。

◀ **一起學更多** ·

相關 **tie in** 連結。	This new developed product is going to **tie in** with the sales promotion next season. 這個新開發的產品將會**搭配**下季的促銷計畫。
相關 **This tie him up in knots.** 感到焦慮。	I would rather stay calm than letting the voting result **tie myself up in knots**. 與其對投票結果**感到焦慮**，我寧願保持冷靜。

It's a virgin territory.
處女地。

使用時機 要形容一片土地或是領域未受開發時。語中帶有對未來開發的前景。

情境示範

A Taiwan was thought of as **Virgin territory** before the Japanese took Taiwan as its colony.

在日本佔據台灣為殖民地之前,台灣被視為**未經開發的處女地**。

B However, a lot of resources were used up during the period of Japanese occupation.

然而,有許多的資源在日本佔領期間,被消耗殆盡。

重點釋義 Virgin指「處女」、territory指「土地」。拉丁語系在指各式物件時,都有分陰性、陽性。英語受到拉丁語系的影響,在指土地、國家時,多用女生的她(her)來代稱,所以未經開發的土地,就像潔淨的處子之身一樣,資源未受剝奪。

◀ **一起學更多** ●

同義	We're about to lose the last **maiden land** in the country.
maiden land 處女地。	我們即將失去國內最後一塊**處女地**。

相關	I'm too busy minding my own business to take care of the **babes in the woods**.
babe in the woods 初生之犢、新手。	我忙自己的事,都沒時間照顧那些**新手**。

It happened in the wake of the incident.

事情因此而發生。

使用時機 解釋事情的原因時。

情境示範

A The movie ran longer in theaters than I expected.

那部電影上映得比我預期的還久。

B Yeah, a lot of people became interested **in the wake of** the movie's surprisingly good performance at the box office.

對啊,很多人在電影出乎意料大賣之後,才產生興趣。

重點釋義 wake 是指船開過去的水痕,水痕是緊隨在船隻後面的,所以in the wake of 原意是指「緊隨在船隻後面的水紋裡」,也就是指「緊隨而來、隨之而來」的意思,這樣的聯想和比喻是不是很有意思呢。

◀ 一起學更多 ··

同義	
after/ following/ as a result of 之後、因而。	The company's stock plummeted **following** the death of its CEO. 那間公司的股票在執行長死後大跌。

相關	
by and by 之後。	**By and by**, you'll see that I'm right about how people see you. 之後你就會知道我對別人對你的看法是對的。

She's on the fast track.
她平步青雲。

使用時機 某人職位快速升遷。

情境示範

A They're promoting Karen again?
Karen又升官了喔？

B **She's really on the fast track**, isn't she?
Soon we'll be taking orders from her.
她現在真是**平步青雲**啊。再沒多久我們就要聽她指揮了。

重點釋義 fast 意思是「快速的、飛快的」，track 意思是「軌道、足跡」，on the fast track 速度極快地前行，引申意思為「平步青雲、飛黃騰達、迅速發展的事物」。俚語中 fast 是比較容易理解的詞語，而 track 則是一個非常形象的說辭，用「蹤跡、足跡」來暗喻發展的事物本身。

◀ 一起學更多 •

相關	Our creative team helps the company **stay ahead of the game**.
stay ahead of the game 保持優勢。	我們的創意團隊讓公司保持**優勢**。

相關	The SAWT team gained **the upper hand** using tear gas.
the upper hand 優勢。	霹靂小組用催淚瓦斯取得了**優勢**。

It was fair play.
公平競爭。

使用時機 表示一場競賽其實非常公平，無所謂包庇。

情境示範

A The two teams honored **fair play** in their last match.

兩隊在上一次比賽都**遵守規則**。

B And I was genuinely shocked. It's never happened before.

我真的超驚訝的。這是破天荒啊。

重點釋義 fair指「公平的」，play指「比賽」。fair play表示公平的競爭，也表示以相同公平的態度對待兩方不同的人。莎士比亞在劇中曾把世界比為一個劇場（play），並表示上天對任何人都是公平。

◀ 一起學更多 ‧

反義	
foul play 耍下流手段。	The news about food poisoning in our restaurant is simply fabricated. We suspect there is **foul play** involved. 我們餐廳傳出的食物中毒消息純屬捏造。我們懷疑這是遭人**陷害**。
反義	
rip one off 欺騙。	There's no way a car like that is worth that much money. He's trying to **rip you off**. 二手車怎麼可能那麼貴？他想**坑**你。

Chapter

10-2

正面描述 Event

She knows the score.

她對這個很熟。

使用時機 對某人或者某事瞭若指掌。

情境示範

A I think the plumber is trying to rip us off. There's no way the wires cost that much.
那個水電工想敲竹槓吧！電線怎麼可能這麼貴。

B Karen will go talk to him. She deals with plumbers all the time, and **she knows the score**.
Karen會去跟他談。她常跟水電工打交道。也**對這個很熟**。

重點釋義 score 有分數的意思，know the score 字面意思是知曉分數，可以引申為「瞭解事情的內情，對某事比較瞭解」的意思。

◀ **一起學更多** ●

同義	
know / learn / teach / show the ropes 知道 / 學 / 教 / 示範做事的方法。	Don is the new guy. I need you to **show him the ropes**. Don是新來的。請你去帶他熟悉我們的運作。
同義	
the ins and outs 規矩。	You'd better do as I say before you know the **ins and outs** of this business. 你在摸清這行的**規矩**之前最好聽我的。

She makes a killing.
她大撈一筆。

使用時機 描述如超級贏家那樣飽贏一票時的爽快。

情境示範

A It's weird to see the way Jane is smiling to everybody.
看Jane那樣對大家微笑很怪耶。

B She just **made a killing** with her stock market investments.
她才剛在股市**大撈一筆**。

重點釋義 killing直譯指大屠殺，不過這裡應該翻譯成在某件事情上取得巨大成功，如同將敵軍殺個片甲不留般的勝利。make a killing就是達到了這樣的成就的意思。

◀ 一起學更多 ・・・・・・・・・・・・・・・・・・・・・・・・・・・・・・

相關	The bookstore is a **gold mine** of out-of-print books.
a gold mine 寶庫。	這家書店是一座絕版書的**寶庫**。

相關	She **struck gold** in the restaurant business. Everybody comes to her place.
strike gold 發財。	她開餐廳**賺了大錢**。每個人都光顧她的店。

Chapter
10-2
正面描述 Event

237

I want to pass muster.

通過標準。

使用時機 符合標準、達成指標時。

情境示範

A I am planning to go study abroad next year.
我計畫明年出國讀書。

B You better work hard on preparing those documents, it would be hard to **pass muster**.
你最好努力的準備那些文件，否則會很難**通過**審查。

重點釋義 pass 是「通過」，muster 指「集合起來接受檢閱的士兵」。此句源於 16 世紀的軍隊文化，表示通過閱兵，狀況一切良好。現在口語上，表示基本上滿意、可以過關的意思。

◀ 一起學更多 ‧‧‧‧‧‧‧‧‧‧‧‧‧‧‧‧‧‧‧‧‧‧‧‧‧‧

同義 **cut the mustard 達到標準**	We are going to fire Ken because he cannot **cut the mustard** in three months probation test. 我們決定要解雇 Ken 因為他在三個月內試用期沒有**達到標準**。
同義. **make the grade 達到標準**	If I cannot **make the grade**, then I can only have half of bonus than last year. 如果我沒有**達到標準**的話，我就只能得到去年獎金的一半。

He strikes a chord.
引起共鳴。

使用時機 某人的感受得到大家的同情和理解。

情境示範

A How's the music concert last night?
昨晚的音樂會怎麼樣？

B It's pity that you couldn't come with us. The music **strikes a chord** with listener that even some people were moved to tears!
好可惜你昨天沒有一起來，音樂**引起**了聽眾的共鳴，甚至有些人被感動到哭了呢！

重點釋義 strike 意思是「擊打、敲」，chord 意思是「和絃」，strike a chord 意思是「敲擊和絃」，引申為「引起共鳴」，得到更多人的同情和理解。

◀ 一起學更多 ·····················

相關	
strike a sour note 喚起不好的回憶。	Never play this song in front of Ursula. It seems to **strike a sour note** of her ex-boyfriend. 別在 Ursula 面前放這首歌。這首歌似乎會**喚起**她與前男友的**傷心往事**。
相關	
strike up the band 讓事物開始進行	Everything is ready. Now is the moment to **strike up the band**. 萬事俱備。現在就**開始進行**。

She can tackle the issue.
解決問題。

使用時機 將某個問題成功解決掉。

情境示範

A I am afraid that I cannot turn in the report tomorrow.

我想我明天沒辦法將報告交出來了。

B Don't worry! We can **tackle the issue** together. Let's discuss where I can help you with the report.

別擔心！我們可以一起**解決問題**，來討論這份報告有哪裡我能幫得上忙的地方吧！

重點釋義 tackle 意思是「處理」，issue 意思是「問題」，tackle the issue 字面很容易被理解，是「解決問題」的意思，比solve the problem 更為正式，解決的問題也更棘手或者嚴肅一些。

◀ 一起學更多 •

同義	
cross a bridge when one comes to it. 面對問題並解決。	Oscar and I are determined. I'm sure we can **cross a bridge when we come to it.** 我和奧斯卡都下定了決心。我確信我們能迎刃解決面臨的問題。

反義	
"bury one's head in the sand" 逃避問題。	The school's new policy gives my mother a headache. The decision maker still **buries his head in the sand** instead of solving problems. 學校新頒布的政策讓我媽頭疼。決策者依舊在**逃避問題**，而不是解決它。

Bob's your uncle.

就這麼簡單。

使用時機 表示事情進行順利，一切OK時。

情境時機

A You just put those parts together and, **Bob's your uncle**. You have your own bookshelf.
你只要把這些部分組裝起來，你就有一個書櫃了。**就這麼簡單。**

B That's why I love IKEA so much.
這就是我喜歡IKEA的原因。

重點釋義 Bob 是英文名字 Robert 的縮寫，uncle 是「叔叔」。1887年，英國首相 Robert 任命姪兒為愛爾蘭大臣，雖然他姪兒太年輕不適任，但因為首相是他的叔叔，所以就能出任此職位，表示「只要你叔叔是 Bob ，事情一切好辦」。後來演變成一切 OK 之意。

◀ **一起學更多** ·

相關	
Yes, siree! 好的！	A: You can go have some cake after the piano class. B: Yes, siree! A: 你上完鋼琴課後，可以去吃點蛋糕。 B: 好耶！
yes face 意氣風發。	See her **yes face**. I bet she had past the exam by bribing the professor. 瞧他意氣風發的樣子。我敢說他一定賄賂教授才通過考試

They didn't bring anything to the table.

他們沒有任何提議。

使用時機 大家對問題沒有任何意見。

情境示範

A The meeting was a waste of time. **They had nothing to bring to the table**.

剛剛開會真是浪費時間。**他們提不出任何東西。**

B At least we found out that they are not prepared to work with us.

至少我們知道他們還沒準備好要跟我們合作。

重點釋義 bring 意思是「把……帶來」，table 意思是「桌子」，bring something to the table 字面意思是「把……帶到桌子上來」，中文可以理解為「把……放到明面上來說，拿到桌面上來討論」，引申為「提議、建議」的意思。

◀️ 一起學更多 •••••••••••••••••••••••••••••••

相關 lay before 提出。	We **laid** the proposal **before** the boss. He will make his decision tomorrow. 我們把案子提給老闆看了。他明天會表示。
相關 make a pitch 推薦。	Most of the meeting was spent on hearing people **making a pitch** for their proposals. 會議大部分的時間都花在聽人推銷他們的提案。

They give it a bad name.
破壞形象。

使用時機 對某人或某事的印象很差。

情境示範

A There's another beating at the bar.
酒吧裡又有人被打了。

B Incidents like this **give alcohol a bad name**.
就是這種事情**讓人對酒的印象不好**。

重點釋義 give 是「給予」，bad 意思是「壞的」，name 意思是「名字」。人們往往有先入為主的習慣，如果聽到一個不好的名字就會對事物本身有不好的印象，所以該俚語的意思是「破壞印象」。

◀ 一起學更多 ··

相關	
a black sheep 害群之馬。	There are always **black sheep** in our legislature who are there to slow down progress. 國會殿堂上總會有一些阻礙國家進步的**害群之馬**。

相關	
leave a bad taste in one's mouth 讓人反胃。	The taxi ride the other night **left a bad taste in my mouth**. It was the first time I was overcharged. 那次坐計程車的經驗**讓我反胃**。我頭一次被坑。

They went belly up.
它們掛了。

使用時機 描述一個人破產或者死亡時，語氣既輕鬆卻又憂傷。

情境示範

A As soon as out product hits the market, all other cell phone manufacturers are just going to go **belly up**.

等我們的新產品推出，其他手機廠都要**死光光**啦。

B I don't think it'll be that easy.

沒那麼簡單吧。

重點釋義 belly 意思是「腹部、肚子」，up 意思是「向上」。魚如果肚皮朝天，肯定就是掛了，這裡用魚兒肚皮朝上來表達死亡、破產的意思。

◀ 一起學更多 ‧‧‧‧‧‧‧‧‧‧‧‧‧‧‧‧‧‧‧‧‧‧‧‧‧‧‧‧

同義	
go downhill 走下坡。	Business of physical movie rental stores is really **going downhill** these days. 最近實體影音出租店的生意一直**走下坡**。
同義	
hit bottom 跌到谷底。	I knew my life **hit bottom** when everyone stopped answering my calls. Even my dog ignored me. 我知道那時人生已經**跌到谷底**，因為沒人接我電話，連我的狗都不理我。

It's the quiet before the storm. 暴風雨前的寧靜。

使用時機 即將發生大的事情，詭異的平靜。

情境示範

A Did mom say anything about the score on the mid-term exam?

媽媽對於我們的期中考成績有說什麼嗎？

B No, but I am afraid it's **a quiet before the storm**.

沒有，但我想這應該是**暴風雨前的寧靜**。

重點釋義 quiet 意思是「安靜的、平靜的」，before 意思是「在……之前」，storm 意思是「暴風雨」。暴風雨前的平靜，預示著要有很大的事情發生。

◀ **一起學更多** ·

同義	
It's the calm before the storm. 暴風雨前的寧靜。	I thought there will be a big fight between my parents when I got home, but it seems that it **is the calm before the storm**. 我以為回到家時我爸媽會在大吵架，但看來這只是**暴風雨前的寧靜**。

反義	
After a storm comes a calm. 雨過天晴。	**After store comes calm.** Hope everything will all okay in next two weeks. 雨過天晴，希望接下來的兩個星期事情一切順利。

Those are off the record.
檯面下的事。

使用時機 不是正式的、不能公開言說的。

情境示範

A I am going to tell you a secret which is **off the record**.

我要跟你說一個**不能說出去的祕密**。

B It's not a secret! Everybody knows that you love Hello Kitty so much.

這根本不是祕密，每個人都知道你非常喜歡Hello Kitty。

重點釋義 off 意思是「離開、脫落」，record 有「記錄、檔案」的意思，off the record 不在記錄裡的、沒有記錄的，引申為非正式的。

◀ 一起學更多 •

反義. **for the record** 謹此申明。	**For the record**, I, represents manager of this company, declared that our company is not going bankruptcy. **謹此申明**，我本來代表這間公司的經理，澄清我們的公司並不會走向破產。
相關. **change the record** 改變主題。	Could you please **change the record**? It is not appropriate to explain different situation without changing the sample you use. 請你**改變一下主題**好嗎？使用同一個案例去解釋不同的情境有點不太適當。

I want to sit and veg out.
什麼事都不做。

使用時機 外務太煩雜，令人想要逃離去放鬆時會說的話。

情境示範

A What's your plan for the weekend?
你周末有甚麼計畫？

B The only thing I want to do is **sit** in front of the TV and **veg out**.
我唯一想做的事就是坐在電視機前**什麼事都不做**。

重點釋義 sit 指「坐著」，veg 是「蔬菜」的簡稱，而 veg out 的意思是「停止工作，開始變成植物一樣不動」。蔬菜不會動，而 veg out指的就是人什麼都不動的狀態，開始變得像植物一樣坐著不動、生根了。

◀ **一起學更多** ·

相關	
veg head **素食者**	Jason works out a lot, doesn't smoke, and is also a **veg head**. He's so healthy! Jason很常健身，不抽菸，而且還是**素食者**。真是健康。
相關 **couch potato.** **窩在沙發看電視的人。**	I spent my whole weekend being a **couch potato**. I was so worn out after the marathon. 我整個周末都在當**沙發馬鈴薯**。跑完馬拉松後我精疲力竭。

He lives on a shoestring.
勉強度日。

使用時機 指生活貧窮困苦，沒有錢生活的時候。

情境示範

A I have been living on a **shoestring** ever since I moved out of my parent's house.
自從搬離我父母的家之後，我過著**困苦的**生活。

B It is a good challenge in our life, especially for such a wasteful person like you.
這對一個人來說一個很不錯的挑戰，特別是你這麼揮霍的人。

重點釋義 live 指「生活」，shoestring 指的是「鞋帶」，而英文中「靠鞋帶生活」就是生活困苦，生活沒有什麼錢的意思。此語出於 19 世紀末，當時因為貧窮，而生產一種較細的鞋帶，好節省物資，也因此 shoestring 引申指為「少量的錢」。

◀ 一起學更多 ．．．．．．．．．．．．．．．．．．．．．．

相關	
live from hand to mouth 生活僅能糊口。	You will never want to **live from hand to mouth** like I did. It was a difficult time I'll never forget. 你絕不會想要我曾經歷過的**僅能糊口**的生活。那段日子過於刻苦以至於我無法忘懷。
相關	
live up to 實踐。	His father owns my reputation. He's a man who **lives up** to his promise: to educate his son a decent person. 我尊敬他的父親。他確實**實踐**了他的諾言:將他的兒子教育成一個正派的人。

Things go under the table.
私下進行。

使用時機 要以隱晦的方式描述不光榮的事情時。

情境示範

A It is said that Pam has been accepting bribes **under the table** for several years.
據說Pam在**背地裡偷偷**接受行賄。

B Well, I think it is not a secret. People remained silent because they were beneficiaries, too.
我不覺得這是個祕密了。人們保持沉默，因為他們都是其中之一的受惠者。

重點釋義 table 指的是「桌子」，而 under the table 指的是「在桌子底下」。此種在檯面下進行的事情，多是不光明之事，也因此桌下發生的事情，引申為不光榮的交易或事件。

◀ 一起學更多 ･･･････････････････････････

相關	Much of the discussion was done **behind closed doors**. We know nothing about it.
behind closed doors 私下。	大部分的討論都是**私下進行**。我們所知不多。

反義	I would not have dealings with you unless you keep things **open and aboveboard**.
open and aboveboard 光明正大。	除非你願意**行事光明**，否則我不跟你打交道。

It's war of words.

口水戰。

使用時機 用來指無意義的爭論時，多對爭論主題有所不屑或貶低之意。

情境示範

A The only thing that politicians in Taiwan are good at is having a **war of words**.

台灣政治人物唯一會做的事，就是打**口水戰**。

B Exactly. They forget to pay attention on to the voice of the people.

真的。他們都沒注意到人民的意見。

重點釋義 war 為「戰爭」，words 指「文字」，文意應為「文字戰」，但此具多指口頭爭辯、辯論。war of words 多用來形公眾人物或團體間的大爭吵，尤指政治人物的口水戰。

◀ **一起學更多** ●●●●●●●●●●●●●●●●●●●●●●●●●●●●●●●●

同義 **slanging match** 謾罵戰。	The insults and accusations made this **slanging match** pointless. 充滿辱罵和指控的內容讓此**爭論**變得沒有意義。
相關 **word vomit** 忍不住說出口的話。	I didn't mean to tell her about your secrets. It just came out of my mouth like **word vomit**. 我不是有意要跟她說你的祕密。我是**像嘔吐一樣**忍不住說出來的。

That's X-rated.
兒童不宜。

使用時機 要從神祕的角度形容一個辛辣禁忌的事物時。

情境示範

A Are you sure you are going to take your child to the show? There are many shows in Las Vegas that are **X-rated**.

你確定你要帶你的小孩去看秀嗎？拉斯維加斯有很多秀都是**限制級**的。

B Don't worry. We are only going to see the magic show.

別擔心，我們只是要去看魔術秀。

重點釋義 rate 的英文是「評比」，X 在英語中常常借指「不知名的東西」，如 X-ray（X光），或是形容禁忌的、不好的事物。當一個東西被評為「X 等級」時，多表示是不入流的，因此不宜兒童觀賞、參與。

◀ 一起學更多 ··

相關	The transporter assures the goods will be deliver in time **at any rate**.
at any rate 無論如何。	運輸公司保證貨物**無論如何**都會及時送達。

相關	Every time Gary comes back home late, he **got third degree** from his mother.
get third degree 受到冗長的訊問。	每當Gary晚到家時，他都會**受到**他媽媽**冗長的訊問**。

Chapter 10-3 負面描述 Event

語研力 *E079*

零秒反應力：英文口語帶著走，隨時都能溜出口的生活常用語

作　　者	Brenda Kuo
顧　　問	曾文旭
出版總監	陳逸祺、耿文國
主　　編	陳蕙芳
文字校對	翁芯琍
美術編輯	李依靜
法律顧問	北辰著作權事務所

印　　製	世和印製企業有限公司
初　　版	2023年03月
出　　版	凱信企業集團-凱信企業管理顧問有限公司
電　　話	（02）2773-6566
傳　　真	（02）2778-1033
地　　址	106 台北市大安區忠孝東路四段218之4號12樓
信　　箱	kaihsinbooks@gmail.com

定　　價	新台幣349元／港幣116元
產品內容	1 書

總 經 銷	采舍國際有限公司
地　　址	235 新北市中和區中山路二段366巷10號3樓
電　　話	（02）8245-8786
傳　　真	（02）8245-8718

國家圖書館出版品預行編目資料

零秒反應力：英文口語帶著走，隨時都能溜出
口的生活常用語／Brenda Kuo著. -- 初版. -- 臺
北市：凱信企業集團凱信企業管理顧問有限公
司, 2023.03
　面；　公分
ISBN 978-626-7097-67-0(平裝)

1.CST: 英語 2.CST: 口語 3.CST: 會話

805.188　　　　　　　　　　112000782

凱信企管

用對的方法充實自己，
讓人生變得更美好！

凱信企管

用對的方法充實自己，
讓人生變得更美好！

凱信企管

用對的方法充實自己，
讓人生變得更美好！

凱信企管

用對的方法充實自己，
讓人生變得更美好！